國文超驚典

古來聖賢不寂寞，
還有神文留下來

祁立峰——著

目次

第四輯 肥宅文青不夠看，古代三寶出來亂

第五輯 古代出版業有比較景氣嗎？

附錄 杜甫V. S.東坡——沒有最魯只有更魯

讀古文，就是理解古人生活樣貌

在出版了前一本古文普及書《讀古文撞到鄉民：走跳江湖欲練神功的國學祕笈》之後，我除了教書、寫作、學術研究外，開始接到許多演講的工作，分享國文古文教學上的革新。事實上我對教學沒什麼研究與心得，且說來無奈，我到大學任教不過幾年，不知不覺間學會了一個老師愛用常用的詞，叫「教學現場」。每次聽到誰唸著這個詞，腦海中就會一瞬浮現戰爭前線的場景：一整個排的士兵被派到大前線，後面一群沒有參與大登陸的長官在戰情室裡，對著佈陣圖東指西點，然後給出大戰略大思維，組成審查小組，訂定出能力指標。

最後就是一幕悲劇的景象，我們上前線的大兵在硝煙迷霧裡，整個縱隊躺在血泊裡，斷肢殘臂，匍匐求生。

很多精專教學方法的老師都告訴我們，基礎教育教的是「穩定知識」。穩定反過來說可能就是僵化、死板，而所謂的穩定知識可能又不僅是文言文，還可以是三角函數，是化學元素表，是明明有了衛星遙測卻還以描圖紙畫出的等高線圖，以及「之」是當介詞等於「的」或不等於「的」、「的意思」、「的樣子」。穩定知識有時也包含、或構成年輕世代最痛恨的體制本身。

前兩年那場關於課綱裡的文言文與白話文比例之爭，很多人應當還印象深刻。即便當時兩派戰到壁壘分明，對立分裂、互貼標籤，但我總覺得其間也有了一些溝通的契機與可能。如果問我的意見，我認為國文老師在面對「學國文有什麼用」(「國文」可任意代換成文言文、修辭格、字音字形、新詩……甚至是微積分、三角函數）的質疑時，其實不用急著暴怒暴走，急著要拿出浩浩湯湯幾千年傳統或文化底蘊，來回應「什麼有什麼用」。

如果我們從歷史的縱深來看，就知道人類文明發展至今，創造了太多大量且無用

的作品，大多的意義來自於沒有意義本身。多少作品經過無數年的傳抄，多少現代的技藝仰賴口耳相傳，如此小心翼翼地保存著，卻在一瞬間亡佚殆盡。換言之，追求意義本身豈不就是最沒意義的一件事？

如果大家留意課本之外的硬幣另一面，真的有太多故事被湮滅。那些猶如現代狂新聞的幹話王，在每個朝代橫行，古代做功德的實錄，古代出版業的悲哀，古代網紅與嘻哈的Battle，更何況還有好多首課本從沒選過的詩詞曲，因為寫得太厭世太變態或太寫實，讓我們不知道該怎麼教小孩……

從更現代的視野回望——有些古人說了幹話成為經典，但反過身來，也有不少的實話就此被文學史湮滅。古人比我們想的更魯更廢更ㄎㄧㄤ也更玻璃心，而我們現在學的國文課，其實就是古代人的生活樣貌。於是乎在這個時代讀古文，就顯得意義非凡了。

在前作出版之後，不少師友給予我正面的回饋，他們總說什麼「寓教於樂」或「引發學習動機」，其實我聽來都非常心虛。我自己寫這些專欄文章的初衷，並沒有要搞笑耍綜藝，無意讓學生認為國文等於好玩，更不是為了什麼翻轉教學、改革國文的大業使命。相反地，我認為讀古文給我自己最大的意義，在於對無知的一種抵抗，以及對幻覺的一種消解，懷抱著一種看似自娛實則深度覺察的初心。

我指的「無知」並不是知識的淵博與貧瘠而已。因為現代人會遇到的相似情節，我們都可以從古文中找到記載；當前社會遇到的難題，古人早就爭論過一遍；更進一步來說，我們今日可能面臨的各種選擇與紛擾，以及可能會浴火重生或灰飛煙滅的終局，古代早就輪播過一次又一次。若沒讀過這些古文，我們會以為自己是個發明家，是個先行者，是上下四方古往今來的宇宙裡，如此自大又寂寞的存在。

讀古文對我而言，也就是這般的意義。我並不覺得在ＡＩ戰贏人類的時代，在一切以大數據大運算的時代，要求學生去背誦強記有什麼非如此不可的必要。但我終究慶幸自己讀過也背誦過這些古文，因為它們就是古人生活的實錄，就是古人依存的日常。理解古文是為了理解過去，理解過去也就讓我們足以認識現在、預知未來。

或許真的有一天，我們的一切記憶都會坍塌，像宇宙裡將周遭星系光線全給吸進

去的黑洞，但我們也無須擔心。就像杜牧那篇著名的〈阿房宮賦〉結尾：

秦人不暇自哀，而後人哀之。後人哀之而不鑑之，亦使後人而復哀後人也。

一切的歷史總是循環再循環，沒法給我們任何教訓，就像杜牧說的像「後人復哀後人」的悲劇；又像穿越劇裡無法改變未來的悖論。該發生的終將如此，沒什麼好懊悔，也無須去惋惜。

我覺得這也就是國文課裡最「驚典」、且最有意義之所在——它就像被機器貓藏在抽屜裡的時光機，在理解過去的同時，這才發覺原來自己並沒有想像中那麼孤獨。

感謝聯經出版辛苦的編輯同仁們，文中有一些諧音的用詞並非錯字，實為網路鄉民慣用語，至於版本解讀有時為了搞笑易讀，解釋上或有曲折超譯，此點還請讀者見諒。書中解釋絕大部份皆嚴謹有所本，不至於曲學阿世就是了。

我衷心希望更多讀者可以閱讀這本書，但卻不僅止閱讀它而已。書裡面我走馬看花介紹了好些篇經典的古文，它們自有其成為經典的原因，如果有一天各位可以親身閱讀這些篇古文，那是再好不過的了。畢竟其中隱藏了一整個隱密而浩瀚的、我無法帶給各位萬分之一的廣袤世界。

祁立峰
二〇一九春節

第一輯

古代網軍帶風向，不要問你會怕

1 理科先生的嘴砲攻城戰

——《墨子》的機關術

以前我們中學都讀過的《文化基本教材》，講到墨家大概就是把「兼愛」、「非攻」這兩個關鍵詞畫重點就行了。再講細一點，介紹墨家的「非樂」、「薄葬」等節約政策，大概也差不多了。過去我曾經介紹過孔子與他的幾個劣徒，其中有個被他罵「朽木不可雕」的宰予，就對儒家守喪提出反駁，而不為了喪葬禮俗耗費太多資源和社會成本，基本上就是墨家的主要政見。

其實《墨子》一書雖然提到墨子的幾點論述，但思想體系並不若儒家或道家完備。看過劉德華演的《墨攻》就知道，墨者一群人可是實踐派，算是先秦時期的聯合國維和部隊，非常具有理想主義與人道關懷的精神。而他們對禮教的反對主要來自於物質的減省，因此其形象也偏向草根而庶民。墨子首席的學生叫禽滑釐，他跟著墨子開啟了三年的師生戀，不，我是說師生情誼，結果是他「手足胼胝，面目黧黑，役身給使，不敢問欲」，手腳長繭，全身日燒曬黑，這到底是受了老師什麼調教、不，我是說虐待之後，禽滑釐才會變成這副德性呢？

另外如果經歷過國產RPG年代、玩過《軒轅劍》和外傳的鄉民，一定知道遊戲裡有一條主線就是墨家的機關術。其實從目前文獻來看，墨家確實是由一群理科先生所組成，和同時代的嘴砲戰神孟子、整天我夢的亂爆卦的莊子的文科性格完全不一樣。鄉民喜歡戰文組和理組，動輒說什麼文組誤國，我身在其中不敢亂嘴，但墨子的理科力、工程數學力強到什麼程度？我們看他對守城的規劃和計算就知道：

> 故凡守城之法，備城門為縣門沈機，長二丈，廣八尺，為之兩相如；門扇數令相接三寸，施土扇上，無過二寸。塹中深丈五，廣比扇，塹長以力為度，塹之末為之縣，可容一人所。客至，諸門戶皆令鑿而幕孔。孔之。各為二幕二，一鑿而繫繩，長四尺。（《墨子・備城門》）

這一段我猜各位需要翻譯，但我號稱古文小神童，卻無奈聯考數學沒能及格，實在沒能力完整翻出，簡單來說就是城門周遭的配置要多長多寬，然後在哪個位置鑿多寬的孔洞以防禦……在那個冷兵器的時代，這專業程度差不多就可以被美國五角大廈請去當顧問了。

另外傳說中墨子發明的連弩車，也是一台很狂很霸氣的交通工具，基本上能跟它抗衡的除了阿帝斯神車之外，我看是寥寥無幾。而《墨子》裡也把連弩車的做法公佈出來，讓大家去宜家家居買妥材料回家就可以ＤＩＹ了：

> 備臨以連弩之車材大方一方一尺，長稱城之薄厚。兩軸三輪，輪居筐中，重下上筐。左右旁二植，左右有衡植，衡植左右皆圜內，內徑四寸。左右縛弩皆於植，以弦鉤弦，至於大弦。弩臂前後與筐齊，筐高八尺，弩軸去下筐三尺五寸。連弩機郭同銅，一石三十鈞。引弦鹿長奴。筐大三圍半，左右有鉤距，方三寸，輪厚尺二寸，鉤距臂博尺四寸，厚七寸，長六尺……（《墨子・備城門》）

後面還有落落長，我在此處就不贅述徵引了，這段就我看來，寫得堪比設計圖還詳細個八十七分，但大家可能會想說身為理科男，類似那個我老婆新垣結衣的螢幕戀愛對象星野源，有可能跟人家比嘴砲嗎？（補一句：星野源必須死）事實上墨子除了會做木工、設機關和造兵器之外，嘴砲力的技能樹也有點。最著名的一役就是他和木匠始祖魯班的那場著名的（嘴上）大戰：

> 見公輸盤，子墨子解帶為城，以牒為械，公輸盤九設攻城之機變，子墨子九距之，公輸盤之攻械盡，子墨子之守圉有餘。公輸盤詘，而曰：「吾知所以距子矣，吾不言。」子墨子亦曰：「吾知子之所以距我，吾不言。」楚王問其故，子墨子曰：「公輸子之意，不過欲殺臣。殺臣，宋莫能守，可攻也。然臣之弟子禽滑釐等三百人，已持臣守圉之器，在宋城上而待楚寇矣。雖殺臣，不能絕也。」楚王曰：「善哉！吾請無攻宋矣。」（《墨子．公輸盤》）

楚國準備攻宋，墨子去勸阻，正好堵到當時人稱「楚國東尼史塔克」的公輸盤

（即魯班），人家不但也是理科男還是攻城發明家，於是他倆就以衣帶當城牆，以隨身帶的竹簡當攻城器，先給他模擬戰一場（感覺這兩個人只是去玩桌遊的吧？）結果副本連續刷了九輪，魯班發明的攻城機都被墨子清光了，魯班只差沒丟核彈，一怒之下見笑轉生氣，海賊王還是死神上身，對墨子說「我還有一招沒用，不要逼我出這招」。墨子回「我知道你想用哪招，就是把我幹掉讓我沒法回宋國，但我早就把守城神技教給弟子三百人了」。魯班這時已經沒有特異功能了，還要留在這裡惹人嫌嗎？楚王也只好認輸。完全不費一兵一卒就抵抗了強楚的攻伐，這就是理科先生的專業與實力。

爾後武俠小說經常寫這樣的場景——兩大高手過招之前，死盯著對方，眼冒愛心，接著彼此在幻想中腦補了幾百招的攻防，旁人看不出所以然，但他倆已氣力放盡、汗流浹背，大概就從墨子與魯班這場虛擬攻防而來。

事實上戰事無常端，自然或人為因素都可能左右戰局，就像做好萬全準備的颱風天，哪個單位忘記關水門一樣，結果可能就不一樣了。但墨子那樣純粹的、以技術以理想就希冀能弭平戰禍、翻轉亂世的野望，穿越了無數年，經歷了這些盛衰世局與科技進步，依舊值得我們欽羨而仰望。那可能是孔孟儒家之外，屬於理組的太平願景。

2 古代真的有嘻哈？

——古代鄉民的嘻哈Battle

我之前推薦了一本介紹唐詩的作品《唐朝有嘻哈》，「嘻哈」固然是當代流行音樂的分類，但確實古人也有類似引戰Battle的故事。如果認真問我這種古代以饒舌、韻文互戰的起源，我第一個想到被戰到發抖的苦主，大概是春秋時宋國大將軍華元，根據《左傳・宣公二年》這段事蹟是這樣說的：

> 宋人以兵車百乘、文馬百駟以贖華元於鄭。半入，華元逃歸，立於門外，告而入。……宋城，華元為植，巡功。城者謳曰：「睅其目，皤其腹，棄甲而復。於思於思，棄甲復來。」使其驂乘謂之曰：「牛則有皮，犀兕尚多，棄甲則那？」役人曰：「從其有皮，丹漆若何？」華元曰：「去之，夫其口眾我寡。」

宋楚大戰，大將華元被俘虜，遇到這種超過一百分的大將軍或國防部長，我們其實可以直接放生他，但宋國還是以兵車文馬百乘贖回。沒想到贖款還沒送到，華元自行脫困逃回宋國、跪求守城的替他開門，結果喊完芝麻開門人家不開，還開始Battle，以嘻哈的方式Diss他（幫QQ）。

首先有宋國熱狗之稱的守城者，一開口就先來個三押：「睅其目，皤其腹，棄甲而復。於思於思，棄甲復來。」大意是說我們部長又高又壯，竟然棄甲逃回來，連槍都不要了還打什麼仗？注意此處的「目」、「腹」和「復」都押韻，而「思」與「來」在上古音系統中也同樣押韻。這時華元的司機、有小黃界阿嶽的「驂乘」，也來了個雙押：「牛則有皮，犀兕尚多，棄甲則那。」意思說還有很多犀牛可以做盔甲，公道價只要八萬一，你們在那邊大聲什麼？接著另外一個築城牆的亦凡也加入戰局，嗆說「牛皮很多，但沒有丹漆可以給盔甲上色」。反正就是一直要嗆人家痛處就對了。於是華元嚇到吃腳腳，戰不贏一群酸民，只好趕快關帳號，逃避可恥但有用。

《左傳》這段史料很著名，我們將這段類似今日饒舌大戰的事蹟稱為「華元之謳」。除了是歷史上第一樁集體霸凌獵巫之外，更認為此對問體與辭賦的起源有關。

爾後有一類賦體雜文，譬如宋玉的〈對楚王問〉、東方朔的〈答客難〉、揚雄〈解嘲〉，都是類似的脈絡，表現出辭賦「主客對問」與「押韻」這些特徵的濫觴。如果放置到現代脈絡聯想，大概就是網紅被一群黑粉圍剿，再一一回覆打臉的自我表演。

但除了這種烙人圍剿的，有沒有嘴砲力夠強，類似葉師父「我要打十個」的？大家都聽過的諸葛亮舌戰東吳群儒，大概就是這樣的故事。話說曹操鐵騎南下，當時東吳分為主戰、主和兩派，諸葛亮代表劉備去江東遊說的這件事，在陳壽《三國志》中只有幾句，孔明以反串來刺激孫權，說：「若不能當，何不案兵束甲，北面而事之。」但《三國演義》這一章回就大寫特寫，以〈諸葛亮舌戰群雄，魯子敬力排眾議〉為標題，孔明以一擋百，真的不想嘴，嘴到不用錢，此處隨手徵引幾段：

> （薛）綜曰：「公言差矣。漢歷傳至今，天數將終。今曹公已有天下三分之二，人皆歸心。劉豫州不識天時，強欲與爭，正如以卵擊石，安得不敗乎？」孔明厲聲曰：「薛敬文安得出此無父無君之言乎！夫人生天地間，以忠孝為立身之本。公既為漢臣，則見有不臣之人，當誓共戮之，臣之道也。……今公乃以天數歸

之，真無父無君之人也！不足與語！請勿復言！」……

座上又一人應聲問曰：「曹操雖挾天子以令諸侯，猶是相國曹參之後。劉豫州雖云中山靖王苗裔，卻無可稽考，眼見只是織蓆販屨之夫耳，何足與曹操抗衡哉！」孔明視之，乃陸績也。孔明笑曰：「劉豫州堂堂帝胄，當今皇帝，按譜賜爵，何云無可稽考？且高祖起身亭長，而終有天下；織蓆販屨，又何足為辱乎？公小兒之見，不足與高士共語！」

《三國演義》文白間雜，我料鄉民蛇蛇都是三國控，直接看得懂。總之薛綜嗆說曹大大是天命所歸，劉備這個小孬孬一個。淫蟲、不，我說螢蟲豈敢與日月爭輝。孔明嗆薛綜身為漢臣竟然講幹話（蔣幹：還沒輪到我出場），簡直就是無君無父，丟臉難看。打完薛綜臉換陸績上分手擂台，嗆說劉備血統不純正，不過是「織蓆販屨」之輩，在地攤賣棉被賣草鞋的，換言之就是歧視人家階級啦。結果孔明搬出漢高祖來救援，哇咧，漢高祖劉邦簡直像三級貧戶出身的扁維拉一樣好用。

接著未免大家看太累，我在此處就不引原文了。嚴畯大喊一聲普雷萬，就跳上擂台，諸葛亮這時嬌喘一聲，倒在了魯肅的懷裡，等等我又在公啥小？嚴畯開外掛，問孔明「治何經典」，問諸葛先生平常看什麼書咧？拜託這跟抵抗曹操大軍有關嗎？結果被孔明打臉說自己不當文青很多年了，還嗆文青只是「數黑論黃，舞文弄墨」、「惟務雕蟲，專工翰墨」，這種以為嘴砲無敵的廢青宅青，沒種的話乾脆趕快洗洗睡好了。等等，為什麼我忽然有了一種既視感。有時候我遇到讀者，會問我寫的這些文章酸酸鹼鹼，是否都是在借古諷今、指桑罵槐？但我總覺得現在這些講幹話當做功德，嘴砲力全開的偏差行為，古代早已有之。那些階級歧視、身分檢驗、黨同伐異，給人家貼上滿滿標籤以自我標榜，或除了嘴上爭輸贏實際上毫無貢獻的現代人挺多，但古人也不少。從歷史縱深或更迢遠的時間節點回望，這些輪迴再輪迴的重播，可能不過是正常能量釋放。

但我總覺得在這資訊紛陳的時代，論爭到最後已無是非對錯，只為了表面的輸贏。我很納悶我們這個時代的廢言廢文，最後也會保留下來，成為古籍裡的一部分嗎？還是它就如此消沉萬古而屍骨無存？在廢文引戰之前，或許我們可以多想兩分鐘。

3 先秦8＋9，不服來戰

——荊軻與他的小夥伴

先說理性勿戰，本文絕無輕蔑8＋9（八嘎冏）的意思，只是用此一流行語來比附不良少年（狼若回頭，必有緣由）（怕）。話說我在學校開一門「專家詩」的課程，教到了陶淵明的〈詠荊軻詩〉這一主題。歷來對陶淵明謳詠荊軻的說法不一，有說他有感於晉宋易代，想仿效荊軻買兇刺殺劉裕以報晉；也有說這只是他早年的詠史詩習作。在陶淵明的〈詠荊軻〉最末，有這樣一段結論：「惜哉劍術疏，奇功遂不成。其人雖已沒，千載有餘情。」不可否認，荊軻當然是死後留名的刺客典範，但他劍術真的有比較差嗎？

要教這首詩，必備的一個前文本應該是《史記》的〈刺客列傳〉，在本傳中我們可以讀到荊軻的奇人奇事。大家大概都讀過荊軻受到燕太子感召，於是帶著副官秦舞陽，拿著樊於期人頭和督亢之地的地圖，圖窮匕現的故事。但其實若從荊軻少年的事蹟看起，他就是一個hen猖狂，沒有很可以但我們惹不起的小8＋9啊。根據本傳：

> 荊卿好讀書擊劍，以術說衛元君，衛元君不用。……軻游於邯鄲，魯句踐與荊軻博，爭道，魯句踐怒而叱之，荊軻嘿而逃去，遂不復會。（《史記・刺客列傳》）

荊軻從小就喜歡讀書擊劍（所以陶淵明到底是哪隻眼睛看到人家劍術不好）（棒球版酸民：不然你自己上去投投看啊）。但他到處跟人家挑釁嗆聲是真的，在邯鄲遇到魯句踐，互相攔車下來挑釁，魯句踐森氣氣到虎吼一聲「來來來哩來啊」，嚇得我們荊軻寶寶虎軀一震，然後他就逃走了。你說哇咧，荊軻大大怎麼跟我們想得不太一樣？畢竟那時候他還是小混混一枚。到了燕國就不得了，開始搞幫派：

> 荊軻既至燕，愛燕之狗屠及善擊筑者高漸離。荊軻嗜酒，日與狗屠及高漸離飲

於燕市，酒酣以往，高漸離擊筑，荊軻和而歌於市中，相樂也，已而相泣，旁若無人者。（《史記‧刺客列傳》）

到了燕國的荊軻和其他幾個小8＋9狗屠和高漸離混在一起，每天在燕國都城中心從早喝到晚，喝茫之後開始發酒瘋，鬼吼鬼叫，又哭又笑。燕市居民每天都被他們搞到很厭世（玩什麼諧音），但也不敢報警叫警察，比起報警大家只好抱緊荊軻（我亂講的）。後來汪精衛有首詩「慷慨歌燕市」就是用荊軻的典故，而「旁若無人」這個成語也是出於此段。

即便荊軻那麼ㄎㄧㄤ，但還是有些人發現他的才華，當時燕國隱士田光發現他的才華，將之推薦給太子丹，於是他們結成刺客聯盟，準備刺秦大業。其實在刺殺秦王之前，也就是著名的易水送別之上，還發生了另外一件關鍵事件：

乃令秦舞陽為副。荊軻有所待，欲與俱；其人居遠未來，而為治行。頃之，未發，太子遲之，疑其改悔，乃復請曰：「日已盡矣，荊卿豈有意哉？丹請得先遣秦舞陽。」荊軻怒，叱太子曰：「何太子之遣？往而不返者，豎子也！且提一匕首入不測之彊秦，僕所以留者，待吾客與俱。今太子遲之，請辭決矣！」遂發。（《史記・刺客列傳》）

荊軻刺秦團的大家，都已經準備好要出團推副本了，此時荊軻說等等，我有個朋友要一起來連線，他要打中路，還沒組隊完成。結果太子開始魯小小，說我看荊軻這老8＋9是怕了，乾脆算了不爽不要去，我直接派秦舞陽一個人去搞定。這秦舞陽也是神人一位，十三歲就殺過人，可以說是更生人。荊軻此時被挑釁氣噗噗，大罵一聲「××娘」，說我荊軻有輸過沒怕過，說去就去。事後證明荊軻的這個朋友應該相當重要，因為秦舞陽到了看起來武力很高可以坦，但真的進到秦宮，整個人就廢掉：

荊軻奉樊於期頭函，而秦舞陽奉地圖柙，以次進。至陛，秦舞陽色變振恐，群臣怪之。荊軻顧笑舞陽，前謝曰：「北蕃蠻夷之鄙人，未嘗見天子，故振慴。願大王少假借之，使得畢使於前。」（《史記・刺客列傳》）

我們留意這一段就可以發現：原本隊伍的設定是荊軻捧著裝有樊於期人頭的箱函，而秦舞陽拿著督亢地圖，可見原本設定動手的可能是秦舞陽，不然就是秦舞陽幫忙抓住秦王然後荊軻拿匕首捅他。總之秦舞陽走到台階就「色變振恐」，怕到吃手手，荊軻只好把地圖拿來自己打Boss。所以後來李白的詩有「舞陽死灰人，安可與成功」嘲笑他。真的是古典時期第一位豬隊友無誤。

接下來刺秦場景，大家就都很熟悉，我就不多說了，在圖窮匕現之後，荊軻「左手把秦王之袖，而右手持匕首揕之」，一手抓住秦王袖子一手要刺，結果秦王把袖子扯斷，兩個人繞柱跑。秦王一時劍又拔不出來，後來好不容易把劍拔出來將荊軻腿砍斷，荊軻這時做了一件事「乃引其匕首以擿秦王，不中，中銅柱」，匕首用射的卻沒射中秦王，射中了門柱，我說銅柱。這真的是史上大悲劇。然後這個壯烈的故事就以此劃下終點。如果照《史記》的發展，豬隊友秦舞陽完全沒有發揮，而荊軻一共就兩次攻擊，第一擊沒刺中，第二擊沒射中，跟他的劍術好不好完全沒關係，畢竟荊軻也終究沒練過什麼小李飛刀。

但我覺得這篇〈刺客列傳〉，倒是給我們不可以形貌取人的警醒。在荊軻和狗屠這些不良青年旁若無人破壞社會秩序時，在更生人舞陽十三歲就於燕市殺人時，我們想不到他們爾後能成就這番名垂青史的大事業。雖然也沒有到「成就」，但壯烈的失敗仍然是一種不可忽視的壯舉。誠如陶淵明的評論：「公知去不歸，且有後世名。」死有重於泰山有輕於鴻毛，而荊軻和他的小夥伴選擇了名留史冊的方式，記錄下自己的人生。因此，犯了錯的人生其實沒有那麼嚴重，在故事尚未結束之前，我們都還來得及重新選擇。

4 我的老天鵝啊？

——漢代樂府詩教你搭訕神招

先前專欄集結成《讀古文撞到鄉民》一書時，收錄了一篇當初的未刊稿，講漢代某次會車造成的行車糾紛，因而衍生出的樂府詩〈相逢行〉。詩中我們見識到當年的大七提之戰的刺激兇猛，以及漢代富二代與8＋9講義氣講門第的習態。其實漢樂府不少有哏的詩歌，讓我們足以一窺距今兩千多年前的時代風貌。

對那些年我們一起背過的國學常識還稍有印象的讀者，大概知道「樂府」最早指的是官署名，乃漢武帝所設立，根據《漢書・藝文志》：

自孝武立樂府而采歌謠，於是有代趙之謳，秦楚之風，皆感於哀樂，緣事而發，亦可以觀風俗、知薄厚。

話說這種透過音樂去理解一地之民情風俗者，試圖透過音樂以教化民情人心的邏輯，大抵是從儒家經典《禮記》、〈毛詩大序〉而來，像什麼季札觀樂，發現「治世之音安以樂」、「亂世之音怨以怒」、「亡國之音哀以思」，也就是這一套。這說起來有些神祕主義，或許從現代心理學、精神科學角度來說，在高張力壓力環境創作出的音樂民歌，某種程度折射出群體的心靈維度，那麼慣聽什麼含滷蛋或小幸運的我島我族，是否隱喻了什麼樣的精神狀態，這我就不敢解也不敢嘴了。

總之「樂府」從當初專門採集歌謠、類似文化部或文建會的公署，進而轉變成了對於可入樂的詩歌代稱，繼承儒家道統的劉勰，在其《文心雕龍》就頌讚樂府之功能，說「志感絲篁，氣變金石」、「師曠覘風於盛衰；季札鑒微於興廢……夫樂本心術，故響浹肌髓」，讓樂府有了超越了周杰倫、田馥甄的正能量。只是話雖如此，但有些樂府至今讀來還是覺得口語到不行，像以前國文課有時會教的情詩〈上邪〉：

> 上邪！我欲與君相知，長命無絕衰。山無陵，江水為竭，冬雷震震夏雨雪，天地合，乃敢與君絕。

「邪」讀作「爺」，通常作疑問句尾，但此處當作感嘆詞，直翻就是「我的老天鵝啊」（「我的老天爺」的鄉民版）。我的老天鵝我要跟我男朋友永遠在一起永遠不分開，但親啊我們都知道現實人生總有各種磨難與波折，就像林宥嘉那首歌唱的「人生已經如此的艱難／有些事情就不要拆穿」，因此這首詩設定了五個分手條件——「山無陵」、「江水為竭」、「冬雷震震」、「夏雨雪」、「天地合」，換言之就是「想跟我分手先等世界末日再說」。我的老天鵝交到這種男女朋友，寶寶心裡難過我聽了也不舒服了。

清代詩評家如張玉穀，評〈上邪〉後半說它「迭用五事，兩就地維說，兩就天時說，直說到天地混合，一氣趕落，不見堆垛，局奇筆橫」，山水是地理，雷雪是天文，而時序混亂天地崩毀最後方能見證一段愛情的隕落，癡戀勾纏到這樣的程度，用記者的常用語就是——真是讓人大吃一驚。除了〈上邪〉外我覺得漢樂府另一首很狂的詩，就是自古以來第一次有肥宅表演當眾虧妹，結果慘遭打槍的〈陌上桑〉。這首詩從開頭到收尾都94狂，首先有一個IG發限時固定得到五百讚的正咩登場：

日出東南隅，照我秦氏樓。秦氏有好女，自名為羅敷。羅敷喜蠶桑，採桑城南
隅。青絲為籠系，桂枝為籠鉤。頭上倭墮髻，耳中明月珠。緗綺為下裙，紫綺為
上襦。行者見羅敷，下擔捋髭鬚。少年見羅敷，脫帽著帩頭。耕者忘其犁，鋤者
忘其鋤。來歸相怨怒，但坐觀羅敷。

簡單翻譯一下就是秦家有個名叫羅敷的採桑美眉，她的潮包與美妝引領風潮，加上穿搭超時尚（「緗綺」是杏黃色的絹布，「紫綺」是紫色的絹布。紫色罩衫加上黃色裙子，這畫面太美我不敢看），還綁著當年最in最夯的墮馬髻（故宮就有賣墮馬髻造型的頸枕，各位朋友若有興趣Cosplay可以咕狗看看），總之整個裝扮就是當時的宅男女神無誤，路過的無論老司機還是騷年，都忍不住要停下來瞻仰朝聖一番。前面這段已經夠嘴了，後面還有一個新Boss「使君」登場：

使君從南來，五馬立踟躕。使君遣吏往，問是誰家姝。秦氏有好女，自名為羅
敷。「羅敷年幾何？」「二十尚不足，十五頗有餘。」使君謝羅敷：「寧可共載

不？」羅敷前致辭：「使君一何愚！使君自有婦，羅敷自有夫。東方千餘騎，夫婿居上頭。何用識夫婿？白馬從驪駒。青絲繫馬尾，黃金絡馬頭；腰中轆轤劍，可直千萬餘……」

使君是當時對官員之尊稱，推測此處是太守或刺史。而這外表看似長官，內心卻是肥宅的使君，提了一個類似「安安，給約嗎？」的要求：「寧可共載不？」要不要搭我的便車？這問題問得委婉，其實就是「要不要來約一發」的意思。羅敷這時說了一段樂府的套話，與另一首樂府〈相逢行〉非常類似，首先是介紹其夫婿，從他的奧迪配件「青絲繫馬尾，黃金絡馬頭」開始寫起，進而介紹他的仕宦履歷，總之就是給使君打臉一發。這首樂府收束在「坐中數千人，皆言夫婿殊」，羅敷嚴守貞婦本分，讓輕薄使君自慚形穢。不要問我座中數千人從哪裡冒出來的，大概就跟網紅引戰而鄉民訂雞排群起旁觀一樣的狀況。從這首詩的結尾，我們也依稀能察覺到當初表演痕跡的殘餘。

只是時隔多年，我們彷彿還能看到一個肥宅去了夜店虧妹，沒想到妹紙拿出老公的BMW還Audi的鑰匙圈當眾打臉、那樣的羞赧與窘迫。現在聯誼人肉市場秀名片比身家，氧氣版約妹紙不忘強調自己「有四輪、進口車」云云，恐怕真是一種遠源流長的文化複製。即便我們距離漢代已經那麼遙遠了，但當鄉民胡鬧推文說什麼拿出車鑰匙的一瞬，我們與樂府詩裡的情慾世界原來沒有太大的差別。

5 這我一定吉

——六朝的網紅大戰

我有時會覺得臉書這類的通訊軟體，徹底改變了我們這一輩人對於社群、人際關係以及彼此應對的態度。在尚未有臉書的時代，我們與故舊或素昧之友見了面，拱手做揖、行禮如儀，以一種被社會化與人脈網絡刷洗過的鵝卵石表面光滑般，彼此試探底限。但後臉書、後網紅時代，過去那種隱惡揚善的美德（或陋習）幾乎全然消失，我們在半匿名的網路世界，在孤立無援的黯淡房間，對著發光發燙的螢幕——孤獨地發文、回應、截圖、集體霸凌、公審或獵巫。真帳號假帳號，真頭貼偽頭貼，一群群的網紅與粉絲，名字頭像黑黑藍藍明滅閃爍，各種刪文封鎖檢舉無所不用。

我們似乎再也不用顧慮網路與現實人格的差異，我們跟著網紅或正義另一面的黑粉，喊殺喊打、佛擋滅佛。正能量一點來看，這一切言論更自由，更受公評受民意的檢視。但反面來看，在這樣後引戰時代，造就出言論與性格極端偏激的酸民，造就出假帳號真惡意滋事的群眾。以及只問黨與讎的激憤腦粉。被討伐被肉搜的沉潛幾小時，馬上宣稱自己被霸凌；被公評被公開私訊的，隨即反咬自己被污衊。再沒多久，網紅們各自找來新的粉絲，整理出另外一個個截圖、懶人包。

但若問起來古代有沒有這種糾眾引戰的事蹟，那可能是大哉問。就我所知的文獻中，第一場這種網紅腦粉，戰到遍地硝煙激情未已的，可能是先秦時期，田巴與魯仲連在稷下學宮的嘴砲大戰：

> 齊之辯者田巴，辯於狙丘，議於稷下，毀五帝，罪三王，訾五伯，離堅白，合同異，一日而服千人。有徐劫者，其弟子曰魯連，謂劫曰：「臣願得當田子，使之不敢復談，可乎？」徐劫言之田巴，曰：「劫弟子年十二耳，然千里之駒也。願得侍議於前，可乎？」田巴曰：「可。」……於是杜口易業，終身不復談。
>
> （〈魯仲連子〉，引自《太平御覽》）

這段不難翻譯，田巴就是一個嘴砲仔，講幹話前會有一個動作就是先張開嘴。他一開口就「毀五帝，罪三王」，講了一堆詭辯之術。粉專才開一天，就有上千人點讚追蹤。另一個網紅大大徐劫看不下去，又不想自降格調跳下去戰，就派出自己的分身帳號（才不是），十二歲魯仲連登場。田巴一開始想說這小屁孩一個不足為懼，結果沒想到幾句就被戰翻（至於兩人戰的內容為免大家看太多古文、昏瞶欲睏先不引，大致是批評田巴嘴砲沒有實際作為能讓燕趙和楚國退兵）（類似棒球版鄉民「不爽你自己上去投」的邏輯）。田巴被戰到飛起來，只好「杜口易業，終身不復談」，關臉書撤粉專，告訴大家他之前是被盜帳號，哭哭。

但本篇主要介紹的其實是時至梁朝、以妹控出名的劉孝綽。劉孝綽就跟六朝很多那些天才兒童般，很小就以文采著名。而他也是昭明太子蕭統最重要的僚臣，我們現在一般認為所謂的《昭明文選》，最主要即出自劉孝綽與其兄弟的手筆。

此處所謂網紅是基於當時昭明太子有兩大倚重的文學家族，彭城劉氏與到氏，而兩家主要成員分別是劉孝綽、孝威、孝儀三兄弟，還有到家的到溉、到洽、到沆三兄弟（有一種忍者亂太郎或丸子三兄弟的感覺）。話說劉孝綽和到洽本來都在東宮任職，感情算還可以，只是劉孝綽為人比較機車，經常恃才驕傲，還嘲笑到洽的文章弱弱爛爛。難道引戰王94他？於是當劉孝綽因妹控出包之後，馬上引來到家與他們的腦粉獵巫：

> 初，孝綽與到洽友善，同遊東宮。孝綽自以才優於洽，每於宴坐，嗤鄙其文，洽銜之。及孝綽為廷尉卿，攜妾入官府，其母猶停私宅。洽尋為御史中丞，遣令史案其事，遂劾奏之，云：「攜少妹於華省，棄老母於下宅。」高祖為隱其惡，改「妹」為「姝」。坐免官。孝綽諸弟，時隨藩皆在荊、雍，乃與書論共洽不平者十事，其辭皆鄙到氏。又寫別本封呈東宮，昭明太子命焚之，不開視也。（《梁書・劉孝綽傳》）

劉孝綽為廷尉卿，帶妹紙入住官舍，娘家竟然留在破公寓。到洽當時是御史有彈劾權，派出狗仔去跟拍，一查不得鳥那妹紙竟然真的是劉孝綽的妹妹。於是就寫了奏章參孝綽一本，說他「帶妹妹住豪宅，留老媽在舊房」，其實住什麼房不是重點，到

洽要指控的是劉孝綽的亂倫淫行。梁武帝看著這摺子想說，「醒醒吧你沒有妹妹」（不是啦）。武帝想說幫忙緩頰一下，把「妹妹」改成了「妹紙」，但孝綽還是被免官了。

關於此段，後來有注疏認為「妹」和「姝」兩字應該倒錯過來，孝綽是帶年輕妹去住官邸，而梁武帝幫他改成妹妹讓他免罪，但這並沒有足夠證據輔助，若考量到洽基於陳年恩怨，截圖指控劉孝綽亂倫，其實也是很合理的。總之這件事引發了另一場轟轟烈烈的網紅大戰。前面介紹的劉孝綽幾個弟弟，劉孝威、劉孝儀也都是網紅了，在沒有臉書可以隨時洗版瘋轉的時代，他們就是瘋狂上奏摺互表對方家族，擺出「這我一定吉」的氣勢，再CC副本給東宮昭明太子。

昭明太子的處理也很現代，星期一早上一打開臉書、Line，看到私訊快爆炸，一堆人賴他說對方家族的鄙辭，真的是有夠阿雜，於是他「命焚之，不開視也」，直接把奏章全部燒毀。誰誰誰是狼師，燒毀。誰誰誰是鬼父，燒毀。誰誰誰右肩自殺自助餐說謊炒作曝光搶版面，全部燒毀。

當然，不是說什麼公評、同溫層，吉人自古就有，所以今日也可以理所當然。我總覺得很多紛爭很多戰役，在虛擬的、僅存在於鏡面背後的同溫層或粉絲架構裡，被無限擴大。我們誤將網路言行、認同與歧見，輕易帶進現實的人際交流（或反過來，那些網路線路裡的漫天烽火不過是一場大秀？）在眼下這個公評或自由很輕易的時代，說真心話或做自己也顯得容易的多。但那些包裹著惡意的正義，夾帶著見獵心喜的無私，實則黨同伐異的公評，或包藏著禍心私利的澄清，同樣都是真正的邪惡啊。

或許我們今日的自由換來的是一種更箝制的不自由。在臉書在同溫層在網路線裡，我們連燒毀屏蔽的選擇都沒有了。

6 你的孩子不是你的孩子

——《世說新語》的神童們

前陣子《你的孩子不是你的孩子》的影集與原著爆紅，受到廣大鄉民熱議，大家對劇中的學校填鴨教育，老師成績至上，還有家長各種親情勒索真的是超有感。其實這幾年有一類親職教養書熱銷，更有父母主打獨特教育方針以經營粉專，可見教養學成了大家關注的焦點。但事實上機靈聰慧的小孩過去就不少，但熊孩子小屁孩可能也會出現，就看怎麼看待孩子們的童稚反應。本篇主題讀古文撞到屁孩（我亂講的），向大家介紹古文裡的神童們。

我自己比較熟悉的六朝，就是一個神童的時代，什麼孔融讓梨、七步成詩都足以代表，這與門閥政治時期孩童提早接受教育啟蒙有關，也與《世說新語》這類志人筆記小說的出現有關。我記得中學時讀過一則〈陳元方答客問〉，客人遲到又森氣氣，被陳元方罵什麼無信又無禮，真的是熊孩子代表作。其實《世說新語》裡關於小孩的篇章滿多，有一篇〈夙慧〉，專門記載智商感人的小神童。其中知名度最高的大概是「長安日遠」這一則：

> 晉明帝數歲，坐元帝膝上。有人從長安來，元帝問洛下消息，潸然流涕。明帝問何以致泣？具以東渡意告之。因問明帝：「汝意謂長安何如日遠？」答曰：「日遠。不聞人從日邊來，居然可知。」元帝異之。明日集羣臣宴會，告以此意，更重問之。乃答曰：「日近。」元帝失色，曰：「爾何故異昨日之言邪？」答曰：「舉目見日，不見長安。」

這則挺白話的，我就隨便翻譯一下，晉明帝司馬紹才幾歲大，坐在老爸司馬睿的膝上（原來以前皇帝上班可以帶小孩），當時永嘉之禍爆發，北方已淪異族之手，因此老鄉從長安來，元帝問完家鄉之後自己QQ也請大家幫QQ。明帝搞不懂在哭爸什麼，元帝告訴他家國淪喪的始末，接著問他「長安和太陽哪個遠」，明帝也是神邏

輯，回答因為沒有人從太陽過來，所以太陽比長安遠。司馬睿顯然對兒紙的回答很滿意，隔天在群臣宴會上又問了司馬紹同一個問題。結果這回兒紙給他漏氣，答曰長安比太陽遠，因為「舉頭見日，不見長安」。

這段父子對話乍看貌似很白痴，你會想問這也算「夙慧」嗎？但若將之放在國族認同的隱喻來思考，這則對話就饒富寓意了。從科學常識來說，太陽當然比長安遠，但人文地理學強調空間的感覺結構，那麼同樣問題再問一次——長安跟太陽哪個遠？中華民國首都南京跟太陽哪個遠？反攻大陸跟登陸月球哪個遠？我這麼說各位就明白了。明白後才回頭想想，這個問題真的是hen難回答，這也就是此則《世說新語》所寄託的政治意涵。

〈夙慧〉篇的另外一則故事，跟最近很夯的人物、在《軍師聯盟》出現、《卑鄙的聖人》也有出現的角色——曹操，有密切的關係，故事是這樣der：

何晏七歲，明惠若神，魏武奇愛之。因晏在宮內，欲以為子。晏乃畫地令方，自處其中。人問其故？答曰：「何氏之廬也。」魏武知之，即遣還。

這段故事照翻譯有點怪怪的，說何晏七歲就是個聰明小孩，因此曹操特別寵愛他，想讓他來當自己兒子。於是何晏畫了一個方形，自己跳到裡面（聽說就是跳房子的由來）（我亂講的），人家問何小屁孩你在玩什麼？何晏說這是「何氏之廬」，是我何家的房子，曹操聽說就放他回家了。這故事讀到我萌萌噠，是說曹操啊你的孩子都已經不是你的孩子了，人家的孩子真的不是你的孩子啊，難道你是綁架犯嗎？警察叔叔就是這個人。

根據爾後的注疏，認為第四句應該有漏字，是「晏母在宮內」，對照《魏略》所述的始末：

> （何）晏父蚤亡，太祖（曹操）為司空時納晏母。其時秦宜祿、阿鰾亦隨母在宮，並寵如子，常謂晏為假子也。

啊哈哈，原來又是一個曹操強搶人妻，積積陰德所造成的人倫悲喜劇啊。因為曹操將何晏母親收編在後宮，因此想直接讓他改姓成曹晏，但他也沒敢直接說不要，

而使用這種跳房子的方式來回絕，真的是聰明過人的孩子。而這般善解人意的孩子，《世說新語》還真不少，像名士韓康伯幼年家貧，窮到沒褲子穿，他媽媽怕他冷到，給他用熨斗加熱衣服（重點：熨斗至今已發明兩千年），且說等等替他製作一條褲子來穿，不要在那邊學蠟筆小新露鳥：

母令康伯捉熨斗，謂康伯曰：「且箸襦，尋作複褌。」兒云：「已足，不須複褌也。」母問其故？答曰：「火在熨斗中而柄熱，今既箸襦，下亦當煖，故不須耳。」（《世說新語・夙慧》）

韓康伯說大象大象，你的鼻子為什麼那麼短（被拖走）。不是啦，說熨斗前面加熱，柄也是熱的，現在穿了上衣已經夠暖了，就不用穿褲子了。其實手腳冰冷的人都知道，末端血液是很難循環的，康伯這麼說當然包含一種貼心的舉動，希望母親不要再費工為自己搞操煩。

整體看來，古代的貼心孩子還是比熊孩子多，但古人也不讀什麼教養書啊。當然，時移事易，我們不太可能要求當代家長像古代那般教育孩子，但過度保護的直升機家長，確實可能妨礙孩童的自我探索與認知建構，從這個角度來看，古文裡這些神童與他們的家長，還是有值得我們現代人參酌之處。

7 總統出巡幹嘛坐雲豹？

——《桃花扇》與王權的建構

之前南部大淹水時，有個新聞被爆出來，讓當時媒體鬧哄哄、鄉民奥嘟嘟，就是咱們鬼島蔡英文總統坐在雲豹裝甲車上，跑到淹水災區勘災，隨即被災民怒嗆說下來走的事件。其實政治人物是否有需要勘災，以及是否淪為做秀等等，這些都還有再討論的空間，但我最近聽了一場哈佛大學田曉菲教授的演講，倒是對蔡總統端坐裝甲車上微笑揮手，以及攝影官隨伺身旁、由上而下居高俯瞰的場景，有了新一層的體會。

田曉菲教授主題在談南朝時期的帝國想像，對中國歷史稍有理解的朋友大概知道魏晉南北朝的南北政權，長期處於北強南弱的現實。然而相對於北方五胡夷狄所建立的政權，江南王朝卻又頗以自身的華夏正統自居。那麼南朝帝國如何建構如何描寫，本身就是一個深刻的學術問題。

但我們先不談這些太沉重的學術課題，在演講中，田曉菲舉了一段了明清傳奇《桃花扇》裡的段落〈劫寶〉，故事在講南明小朝廷的弘光帝，面對清兵來犯連夜出逃，離開了南京。田曉菲的重點就在於「皇權」（Kingship）的建構——除了血統與宗法，所謂的「皇權」實際上必須透過他者的觀看來建構的。而失去了都城、宮殿與宮牆的弘光帝，發現根本沒有臣子認得他：

> 皇帝：「寡人逃出南京，晝夜奔走，宮監嬪妃，漸漸失散，只有太監韓贊周，跟俺前來。這炎天赤日，瘦馬獨行，何處納涼。昨日尋著魏國公徐宏基，他佯為不識，逐俺出府。今日又早來到蕪湖。那前面軍營，乃黃得功駐防之所，不知他肯容留寡人否。奔忙，寄人廊廡，只望他容留收養。此是黃得功轅門，韓贊周，快快傳他知道。」
>
> 丑：「門上有人麼？」
>
> 雜扮軍卒上：「是那裡來的？」
>
> 丑：「南京來的。萬歲爺駕到了，傳你將軍速出迎接。」

雜：「啐！萬歲爺怎能到的這裡？不要走來嚇俺罷。」
皇帝：「你喚出黃得功來，便知真假。江浦邊，迎鑾護駕，舊將中郎。」
雜：「人物不同，口氣又大，是不是，替他傳一聲。」
末：「那有這事，待俺認來。」
皇帝：「黃將軍一向好麼？」
末（忙跪介）：「萬歲，萬萬歲！請入帳中，容臣朝見。」

這段是戲曲演出，對話的雜末丑都是演員，故事講的是弘光帝逃離了南京，宮監嬪妃紛紛失散。那麼失去了朝臣與嬪妃的皇帝，要如何再做一個皇帝呢？於是他跑去找魏國公徐宏基，沒想到這位宏基電腦負責人（跟這個沒關係好嗎）竟然假裝不認識皇帝，將他趕了出來。

說起來皇帝平日居於深宮之中，古早又沒有大批媒體和攝影官隨行，一般官階不夠高的官員不認識或沒看過，也非常合理。就算看過也可能以為自己在看全民大悶鍋模仿秀，想說這位離開帝都出逃的皇帝，根本就是冒牌貨來著。於是這南明小皇帝就到處被人家趕來趕去，最後到了蕪湖軍營前，請太監去通報，說我們大明朝萬歲爺駕到了。誰料這軍營看門的雜役根本不相信，想也不想就「啐」了一聲，說拜託我們今上萬歲爺或大小姐，那可是如此尊爵不凡，豈有可能紆尊降貴走到這裡來勘災？不要來這裡嚇唬咱們，咱們不是被嚇大的。這時皇帝沒辦法，趕快叫雜役去給喚將軍出來，這才終於君臣相認，好是感慨的場面啊。

這麼一說，各位就稍微能理解了吧？基本上當皇帝離開紫禁城，當總統離開總統府，他天賦君權的權力就消失了一大半。這時你不妨想想——如果咱們大總統出門只是開一台頭又大，又不交管又不封路，除了會被那個幾百壯士來陳抗扔鞋砸蛋之外，讓我們庶民百姓怎麼認得那是大總統呢？若她不是搭乘雲豹裝甲車，是騎個嘟嘟車，讓我們普通人從上往下看著她癡癡地笑，她該如何建構王權的威儀呢？更進一步來說，如果前面沒有卡車給記者坐，隨行沒有攝影官捕捉總統揮手的英姿，那又怎麼讓災民確定這就是總統本尊呢？而這其實也正是「王權」的意義。只有被臣民給承認且被仰望被膜拜，皇帝或總統的權力才能真正被確認。所以別再嘴人家坐甲車了，實在是不得已矣。

當然，田曉菲整場演講還有許多深具啟發的部份，我在此處就不劇透太多了。事實上無論是南朝、南宋或南明，我以為都滿適合身處偏安之島的我們這一代來理解與研究。關於北方強國的威脅，國家的外交困境，以及遷徙離散幾代人的我族認同，實在都與現世有八十七分像。

在後面文章裡，我們將介紹南朝的幾個94狂皇帝，他們放著好好至尊大位不幹，跑去擺地攤、賣豬肉，還鍛鐵做工樣樣來，那是一種反面的劇場；至於南明這弘光帝則是更悲摧一點，明明是皇帝到處想找地方投奔，人家卻壓根不信他是真皇帝。可見「權力」本身就是一何其弔詭的寓言。被賦權時肆意妄為，攪弄風雲，但稍有不慎權力就隨時可能消失，但他者再不認同權力之時，這些君權就猶如從未存在過一般。

8 文白之爭首部曲

——漢代經學的今古文之爭

由於課綱而引發的「文白之爭」，這幾年簡直受到全民關注。由於我之前出了《讀古文撞到鄉民》，有時難免經常被質疑立場、甚至被要求表態。我經常覺得很多論述說了也說不清楚，但不說又被認為是滑頭含混，兩面討巧看風向的尚書大人，當真是頗感無奈。若要一次說清楚一些，我自己認為並沒有什麼語體或經典是非讀不可，但若問我讀古文給我個人最大的意義，就在於發現很多當前的紛擾，原來古已有之，那麼我們這一個斷代就不至於如宇宙孤兒般的存在。這也是我這一系列古文普及的作品，一直在持續的工作。讀古文不一定為了考試，也可以自娛娛人，或幫助我們釐清眼前的困境，得到繼續往前的力量。

那麼，問題來了，請問古代也有文白之爭嗎？大家好我是谷阿峰，今天就來跟大

古代網軍帶風向，不要問你會怕

家說一個古代文白之爭的故事。有一天一個名叫大夏的網紅經學教師，覺得另一個網紅小夏根本TMD不懂教學。於是他就上了《天下雜誌》還什麼翻轉教育期刊發文，開砲說「有一些教經學的人腦袋有洞，整天引用理論、細讀文本，搞得學生沒有明確的能力指標，大腦這東西很棒可惜小夏沒有」。接著網紅小夏也在自己臉書找來一群腦粉開直播回應，說大夏整天裝逼說要斷開黨國枷鎖，但其實根本沒讀幾本書，無法和世界接軌。

如果各位覺得似曾相識，那真的純屬巧合。雖然以上有一些超譯亂翻的部份，但我相信經過文言荼毒的各位，直接看《漢書・夏侯勝傳》應該問題不大：

（夏侯）勝從父子建字長卿，自師事勝及歐陽高，左右采獲，又從五經諸儒問與尚書相出入者，牽引以次章句，具文飾說。勝非之曰：「建所謂章句小儒，破碎大道。」建亦非勝為學疏略，難以應敵。

好的，這看起來只是夏侯勝叔姪的嘴砲。但其實漢代是個很奇妙的年代。什麼金屋藏嬌、相如文君種種小三故事，都發生在漢代。而漢代還有個更顯目的景深，即是與當前爭議相關的「今古文之爭」。事實上今古文並不等於文言白話，其起因來自於秦火後的經書版本分歧。我們知道漢代獨尊儒術，理當需要一套正統的、足以作為課綱的十篇核心經典（其實不只十篇啦）。有資源，有國家機器與體制，也就促使今文、古文兩派的爭議進而白熱化（怎麼有一種莫名的既視感啦）。

所謂的「今文經」和「古文經」說起來複雜，簡單來說就是一部經典的兩種版本。而這兩個版本內容有異，卻都希望被選入課綱。我這邊舉今古文的《尚書》當作例證簡單說一下。首先要先介紹今文尚書網紅、秦朝的博士伏生：

> 孝文帝時，欲求能治尚書者，天下無有，乃聞伏生能治，欲召之。是時伏生年九十餘，老，不能行，於是乃詔太常使掌故晁錯往受之。（《史記・儒林傳》）

看看（又在學立綱了），所謂明朝的劍能斬清朝的官，秦朝的博士到漢文帝時都已經九十幾歲了，在沒有維骨力的年代根本已經走不動了（《齊詩》的轅固生也是同

樣狀態，後來皇帝派出空軍一號，不，是「安車蒲輪」將他平穩地接到長安來傳齊詩）。於是漢文帝派晁錯去學習《尚書》。據說伏生只懂齊語，加上年老昏聵，晁錯跟他無法溝通，只好請伏生孫女來翻譯，這其間似乎有一種電影《為愛朗讀》的設定。總之今文尚書二十九篇就這麼被再現出來。

這件事聽起來好棒棒，但細想問題也不少。首先即便伏生是秦博士，但一個九十歲的老灰仔的記憶力可信嗎？他高中背的文言文默寫出來百分百正確嗎？再來就是這其中可能有伏生授學的注疏與轉譯的可能性。對今文尚書有疑慮的同時，古文版尚書也粗乃惹：

> 魯恭王壞孔子宅，欲以為宮，而得古文於壞壁之中，逸《禮》有三十九，《書》十六篇。（《漢書・楚元王傳》）

話說魯恭王這傢伙為了把自家蓋成帝寶，讓孔子老家這樣的一級古蹟直接自燃，未料孔壁中發掘出以蝌蚪文寫成的《周禮》和《尚書》（金庸《俠客行》也用過這哏）。在《論衡》裡這事更玄，說魯恭王都更到一半，聽到牆壁後有弦歌之聲（根本《紅衣小女孩》情節啊）。於是古文《尚書》就此出土了。爾後《尚書》有多次偽古紛爭，不過這又是另一個故事了。

總之如此一來，經書有了今古兩種版本，而類似伏生的狀態，各地經師都有家傳的版本，此即稱為「家學」，於是哪一個版本可以立為官學進入課綱，就這麼吵了N年。這也就是我們國學常識說的「漢代今古文之爭」的真實狀態。其後當然還有好幾次今古文之爭，但在西漢宣帝當時，有一場歷史性的會議召開了，即是著名的「石渠閣會議」（又名西元前課綱審議委員會）（我亂講的），主持「石渠奏議」還不是教育部長層級，而由當時皇帝親自審議：

> 詔諸儒講五經同異，太子太傅蕭望之等平奏其議，上親稱制臨決焉。乃立梁丘易、大小夏侯尚書、穀梁春秋博士。（《漢書・宣帝紀》）

前面介紹到的兩位西漢幹話王，不，我是說西漢經學網紅夏侯勝與夏侯建的尚書

學，也在此次會議正式被立為博士，得以開班招收博士弟子員，一舉解決招生和流浪博士（那時候並沒有好嗎）的問題。經學也就被稱為「拾青紫（取得功名利祿）如地芥」的一門學問。

我們當前的文白之爭不可否認有資源和意識形態的爭議，但同時也有更複雜深刻的內涵，包括教學現場的困境，考試制度的僵化，文言與當代社會公民思維的落差等等。我也沒有要表述立場選邊站的意思，只是眼見時代的巨輪碾壓興替，這才覺得眼前一切紛紜甚囂的糾結，其實只是歷史的片羽、宇宙的微塵，那麼這樣來看，再如何壯盛的紛爭終究會落幕，而回過頭我們終究以另一種文言的姿態被記下一筆，或根本湮滅無存。

9 文白之爭二部曲

——只要出問題，交給五經都能搞定

我還記得之前的文白之爭，戰到遍地烽火之時，我看著臉書同溫層每個專欄，每天都在洗版引戰接著清理戰場，真是好不熱鬧。但論戰這詞說起來大旗昭昭，其實也不過就貴圈的小茶壺小事件，可能真的像鄉民那句名言，喊聲時萬人響應，實際上不知道幾人親臨到場。

而相比我們這邊的小弱弱相殘，另外一樁大事可能是中國大陸的黨代表大會。面對強國崛起的隨伺在側，公知覺青即便有一番觀察評論，但終究還是很難出網路同溫層，更遑論翻牆越界這樣高難度的技術與屏蔽。相比之下，我想到的是那些西漢的經學家，他們受習儒術，專守一經，照理說也不過是個通經鴻達的儒生，卻可以堂而皇之進入朝堂，透過運用所學所治的經書以參與政治。而這就是我們說的「通經致用」

這個詞最本源的解釋。

看看（又學立綱），假設一下若是中共黨代表大會召開的人民大會堂裡、或當年國大代表開會的中山堂，全都換成中文系的經學教授排排坐，治《禮記》直接接管內政部，治《春秋》的管教育部；治《尚書》當行政院長，那是一個什麼樣的局面？皮錫瑞在《經學歷史》裡所描述的西漢經學昌明的時代，竟然就是這麼一回事：

武、宣之間，經學大昌，家數未分，純正不雜，故其學極精而有用。以〈禹貢〉治河，以〈洪範〉察變，以《春秋》決獄，以三百五篇當諫書，治一經得一經之益也。當時之書，惜多散失。

兩漢之所以被稱為「經學昌明的時代」，大概也94這樣來的。要強調的是此處所謂的「昌明」，可不僅是把經學當成學術研究或文獻考據的史料而已，「治經」有實際的效用，所謂「拾青紫如地芥耳」（漢代丞相太尉賜「金印紫綬」、御史大夫賜「銀印青綬」，因此「青紫」指的就是利祿之途），在漢代研究經學基本上就等於通過國家一等特考，除了可以直接任官，更狂的是這些儒生經師，又將六經當成現實生活的依據，甚至依法行政的準則——水利署直接以《尚書・禹貢》當做治水、防洪的準則；警政署以《尚書・洪範》預測顛覆國家暴動；法官用《春秋》當做判例來審案，或用《詩經》來當做課綱教材教育天子。試想到了那個時代，國文學好可以直接領年金，請問誰還要考那些腦燒的默寫和解釋？

你問這時代的儒者是否太ㄎ一ㄤ？但這又不是經師講講幹話而已，這些事件樁樁本本，皆有史料可考：

> （夏侯）勝少孤，好學……會昭帝崩，昌邑王嗣立，數出。勝當乘輿前諫曰：「天久陰而不雨，臣下有謀上者，陛下出欲何之？」王怒，謂勝為妖言，縛以屬吏。吏白大將軍霍光，光不舉法。是時，光與車騎將軍張安世謀欲廢昌邑王。光讓安世以為泄語，安世實不言。乃召問勝，勝對言：「在洪範傳曰『皇之不極，厥罰常陰，時則下人有伐上者』，惡察察言，故云臣下有謀。」光、安世大驚，以此益重經術士。（《漢書・夏侯勝傳》）

前一篇我們提到漢代今古文之爭的時候，就已經跟各位介紹過被人稱為「今文尚書」的網紅夏侯勝。當時昌邑王專政，夏侯勝觀天象，報告聖上「天黑黑會不會／讓我忘了你是誰」（那是孫燕姿吧），應該是說陰天沒下雨，可見臣下有人想要造反。昌邑王剛聽到先翻了一個華麗的白眼，想說這儒生在那邊講幹話妖言惑眾，將夏侯勝收押了。未料權臣霍光真想要造反，後來找夏侯網紅一問才知，因為他文言文學得好，默寫都考一百分，正好背過《尚書．洪範》書中有一段：「厥罰常陰，時則下人有伐上者。」結果驚得朝堂上人人嚇到吃手手，發現古文真的不能隨便讀一讀而已，要好好重用這些經師儒生才行。

至於《詩經》如何當諫書，同樣也有史事可佐證。前面說到霍光等廢黜了昌邑王，於是昌邑王的老師王式因而被問罪，問他怎麼沒有好好教育太子咧？王式解釋說：

臣以詩三百篇朝夕授王，至於忠臣孝子之篇，未嘗不為王反復誦之也；至於危亡失道之君，未嘗不流涕為王深陳之也。臣以三百五篇諫，是以無諫書也。（《漢

書・儒林傳》）

這個王式可以說是當時地表最ㄎㄧㄤ的太傅無誤，我猜昌邑王如果還在，他本人應該也會相當震驚。老師講授《詩經》，講到忠臣孝子就說這個背起來等等默寫十遍；講到亂臣賊子無道之君，講著講著就哭哭了。讓我想到當年文白大戰的時候，新聞講國文老師說「教蘇軾的〈赤壁賦〉、李白〈靜夜思〉，學生都會學到哭」（確定不是默寫背到哭嗎？）但重點是，老師您自己在那邊哭哭請問有用嗎？是不是應該問學生說，啊你怎麼沒感覺？（謎之聲：學生只是睡著了）。但從中我們又可以看到另外一則，古典時期延續到今日的、沿波討源的神祕主義傳統。

事實上就像大陸的學者葛兆光所說：漢儒有寫《新語》、「遊漢廷公卿間」的陸賈；也有更積極參與政事，在廟堂中指點皇帝「定漢諸儀法」的叔孫通。對明清被科舉僵化體制給箝制的士人來說，漢代確實是一個重用讀書人的好時代（只是「通經致用」的辦法有點超展開）。但也就像今日我們對博士學者治國的質疑，知識是否能完全等同於行政力，而學術的專業能否照應實務的變化，這難免會遭致質疑。但歷史證

明雖然漢代士人知識飽滿，重氣節且清議時政，但在君主集權、外儒內法的大背景下，發揮仍然有限。風俗淳美的好時代是真的過去了，還是還未到臨？我們不妨繼續看下去。

10 文白之爭三部曲

——讀古文撞到阿嬤

所謂東北有三寶，人蔘、貂皮、烏拉草；馬路有三寶，每個移動神主牌都可能讓你七天後才回家吃到飽。鄉民都知道地表最強人種莫過於阿嬤，而政治人物也頗瞭阿嬤的功能，動不動就想到要召喚阿嬤——之前某總統候選人說自己走在淡水老街，忽遇一位阿嬤（難道是魔法阿嬤），叫他一定要出來選，不然對不起天公伯；後來那個什麼海都她管的立委又出來爆料，說有另一個魔法阿嬤打電話給她，說孫子背不起來「不問蒼生問鬼神」這首詩，半夜睡不著，到底該怎麼辦？可見「阿嬤」真的是遠能弒父邇能弒君（我亂講的），真讓我想唱一下煌奇的「阿嬤你今嘛底叨位」。不管他們的阿嬤嗑了什麼，都必須給我來一點。

事實上「不問蒼生問鬼神」這句詩，出自李商隱的七絕〈賈生〉：

宣室求賢訪逐臣，賈生才調更無倫。可憐夜半虛前席，不問蒼生問鬼神。

這詩還算是頗白話，用的典故見《史記・賈生列傳》：「孝文帝方受釐，坐宣室。上因感鬼神事，而問鬼神之本，賈生因具道所以然之狀。至夜半，文帝前席。」「前席」指的就是聽到太著迷，通常我們打電動或看謎片到精彩處，也往往會有身體向前傾斜的症頭。只是後來的詩論家對李商隱批評漢文帝的「不問蒼生問鬼神」，覺得商隱大大真的很嚴格。俞陛雲《詩境淺說續編》說：

玉溪絕句，屬辭蘊籍，詠史諸作，則持正論，如詠〈宮妓〉及〈涉洛川〉、〈龍池〉、〈北齊〉與此詩皆是也。漢文、賈生，可謂明良遇合，乃召對青蒲，不求讜論，而涉想虛無，則孱主庸臣又何責耶？

李商隱的〈北齊詩〉講的是北齊後主因寵幸愛妃馮小憐，北周攻陷晉陽他仍耽溺於愛妃的玉體橫陳之中，終至北齊城陷國滅的史事。俞陛雲意思是說——像文帝賈生這樣的明君良臣，還要被李商隱這般痛譙，那照這種高標準，其他朝代的君臣不是要被譙到飛起來？

因此，關於這首詩最標準的解釋，是李商隱的自傷之辭，詩題說的是賈誼，隱喻其實是李商隱自己的不遇。我們知道李商隱身處於牛李黨爭的夾縫，始終懷抱難言之隱與不遇之憾，而他那些美如情詩的〈無題〉，或「望帝春心託杜鵑」、「青鳥殷勤為探看」等詩句，都被認為可能隱藏有政治意圖。所以要說這句詩好解，其實也沒那麼好解，至少不是老嫗阿嬤都能解的等級。不過如果阿嬤讀過後真的都沒感覺，還是有可能需要循例寧幫助一下末梢血液循環。

說完了李商隱這首詩，但阿嬤的故事還沒說完。其實在古文裡的阿嬤、即是「老嫗」，經常扮演著重要的功能。有看過金庸的武俠小說、或玩過「金庸群俠傳」的鄉民都知道，有一個比傳說中的廚具還狂的棋譜——「劉仲甫嘔血譜」。相傳北宋圍棋大國手劉仲甫在驪山遇到一老嫗，兩人還沒對弈走過幾著，劉仲甫就被阿嬤殺得潰不成軍，於是嘔血數升，這種白爛猶如《九品芝麻官》的情節想當然是唬爛，但從阿嬤的角度去回想，我們以前讀過的古文裡，阿嬤還真不少。

最重要的就是推動新樂府運動，和老元有一段金鑾殿後無人知曉基情的老白，根據宋代釋惠洪的《冷齋夜話》：

白樂天每作詩，令一老嫗解之。問曰：「解否？」嫗曰：「解」，則錄之；「不解」，則易之。故唐末之詩近於鄙俚。

白大大每寫一首詩，固定去找阿嬤來問說，阿嬤你看無嗎？你乖孫會背嗎？如果阿嬤說「我覺得其實可以」，那這首詩就抄錄起來。阿嬤說「我覺得不行」，那老白只好練過Freestyle再來。我的老天鵝啊這阿嬤經過老白這樣訓練，大概也成文化評論家了。各位可能會想詩解否何以要去問「老嫗」？但我先說理性不是要引戰，事實上在古典時期，老嫗經常被認為缺乏知識素養而遭調侃的角色，所以老嫗能解代表的即是通俗甚至俚俗的風格。至於另一與阿嬤有關的故事，大概就是我們中學都讀過的、唐宋派重要代表人物歸有光的〈項脊軒志〉：

家有老嫗，嘗居於此。嫗，先大母婢也，乳二世，先妣撫之甚厚。室西連於中閨，先妣嘗一至。嫗每謂余曰：「某所，而母立於茲。」嫗又曰：「汝姊在吾懷，呱呱而泣；娘以指叩門扉曰：『兒寒乎？欲食乎？』……大母過余，曰：「吾兒，久不見若影，何竟日默默在此，大類女郎也！」比去，以手闔門，自語曰：「吾家讀書久不效，兒之成，則可待乎？」頃之，持一象笏至，曰：「此吾祖太常公宣德間執此以朝，他日汝當用之。」

這段大家以前高中的老師都翻譯過，基本上就是一段地方的阿嬤和媽媽要你好好用功讀書、孝順父母的故事。其實有被情緒勒索與道德勒索的孩紙都知道，阿嬤回憶話當年，通常不是要你好好讀書，就是要你趕快結婚生小孩，只能說歸有光真的麻雀衰小。不過大母登場更誇張，隨隨便便就把象笏這種高級貨掏出來，只差沒有拿出尚方寶劍，所謂地表最強阿嬤莫過於此，所謂沒有很可以，三寶真的惹不起（什麼鬼結論）。

認真說是阿嬤當然很重要，古文要阿嬤讀得懂也是有意義的。但一國一民之語文

教育政策方針，不做民調不辦公聽，不問蒼生去問阿嬤，這真的就有點問題了。不過從更迢遠的歷史縱深來看，這種召喚阿嬤的套語，或許就隱喻了我們和古典世界的鍊結。

宋國大將華元打敗戰逃回宋國
跋山涉水千萬里，
打敗仗的94你
雙押X2
守城界熱狗
聽說你微博
Diss我?
我沒有Diss啊，
我說的是效果
華元司機
小黃界阿嶽
我覺得不行

第二輯

請彈幕掩護我，歷史劇的真相還原

臭豆腐
麵
魯肉飯
珍珠奶茶
炒米粉
切仔麵
米苔目
25
30
蚵仔
大雞

11 軍師聯盟開外掛（1）

——嵇康哪有這麼Man？

之前有部陸劇《軍師聯盟》，在廣大劇迷觀眾間引發話題，號稱是以司馬懿觀點作為敘事主線，重新詮釋的三國故事。其實說到三國故事，不僅是受到普羅大眾的熱衷，在學術界也是熱門議題。東華大學退休教授王文進先生，就發表了一部有關三國學的學術研究專書《裴松之三國志注新論》，聚焦於陳壽《三國志》前後的複雜又分歧的史料與觀點——譬如習鑿齒出於同鄉的情誼，在《漢晉春秋》建構諸葛亮神話；而虞溥《江表傳》更是將東吳作為主流觀點，建構出一套不同的史觀。

我們知道三國的故事在後代一直有熱衷的讀者。也誠如王文進老師所說：在南北朝時期不同立場背後隱含的「國事」與「史事」；到了蘇東坡筆下的三國赤壁成了地景，用來寄託「心事」；而到了羅貫中《三國演義》中，三國徹底成為說書的「故事」。其實在宋代就有說書人以講三國故事為專業，在孟元老的《東京夢華錄》（再強調一次：這本書跟東京熱沒關係）這本雜記中，提到宋代勾欄瓦舍實況的〈京瓦技藝〉這一則，有以下的段落：

> 吳八兒，合生。張山人，說諢話。劉喬、河北子、帛遂、吳牛兒、達眼五、重明喬、駱駝兒、李敦等，雜班。外入孫三神鬼。霍四究說三分；尹常賣五代史……其餘不可勝數。不以風雨寒暑，諸棚看人，日日如是。

《東京夢華錄》一書乃是經歷靖康之難後，南宋遺老回憶當時汴京的繁華如夢。這本書當年曾和「清明上河圖」被並稱為「一圖一錄」，代表的是南宋遺民對北宋的懷想與感傷。而就在《東京夢華錄》中，我們也能一窺這些當時汴京的街頭，這些北宋賣藝明星的實境——有專門說諢話的（翻譯：幹話），有雜耍的，有說鬼神故事的（恐怖到了極點喔），再來就是霍四究專長說三國，尹常賣講的五代史等歷史故事。後來的羅貫中《三國演義》號稱七實三虛，其實也就是延續這一波庶民對於三國故事的

熱衷。到近代更不用說了，各種三國遊戲幻想，同人腦補，惡搞耽美不勝枚舉。

不是三國宅的本蛇我，本次要介紹的是司馬懿家族另一段充滿了愛恨情仇的故事，也就是以打鐵聞名的嵇康。大家都知道嵇康可說是竹林七賢的代表人物，想到他打赤膊在那邊打鐵，好像有點賣腐賣萌。其實六朝士人本來就有各種健身活動，跟我們往後想像孱弱又手無縛雞之力的讀書人不太一樣，像是陶侃把搬磚當成重訓菜單，謝靈運帶團爬百岳開荒。打鐵是嵇康的興趣，也是他的維生事業，但同時也可能是他一種厭世出世、逃避與社會連結的一種模式。這件事根據《世說新語・簡傲》是這樣：

> 鍾士季（會）精有才理，先不識嵇康。鍾要於時賢俊之士，俱往尋康。康方大樹下鍛，向子期為佐鼓排。康揚槌不輟，傍若無人，移時不交一言。鍾起去，康曰：「何所聞而來？何所見而去？」鍾曰：「聞所聞而來，見所見而去。」

話說這「簡傲」篇專門收錄這種無禮傲慢之事，當然在六朝「越名教而任自然」

的風氣中，傲慢並不是批判，反而展現六朝文士的風雅。這則故事裡被打臉的對象是鍾會，有玩過三國無雙的就知道背後很多劍飛來飛去的那位。他大大特別紆尊降貴去拜訪嵇康，沒想到嵇康讓向秀替他在旁邊操作鼓風爐，自己「揚槌不輟」，我的老天鵝啊這說多man就有多man的場景，鍾會在一旁看到面頰羞紅，這時候只剩下打鐵錚錚的聲響，在兩人之間迴盪（喂喂我幹嘛學敏鎬體啦）。

上述這段全屬唬爛，現實應該是嵇康繼續打鐵看都沒看鍾會一眼，旁若無人。這種無視基本上就是霸凌的一種，鍾會看人家打了好幾分鐘的鐵，火光飛濺，看到吃手手，加上自己被無視，起身就要走。嵇康這時問了一段名言，「何所聞而來？何所見而去」？鍾會回他說，我「聞所聞而來，見所見而去」。這段即是《世說新語》摘錄此事的重點，只能會意不能超譯，正常翻譯是嵇康問說是因為什麼原因來？又看到什麼要走了？鍾會說我所聽見的而來，看到所見的就決定離開了。

你說這兩人到底在打什麼啞謎啊？所以我直接幫大家亂翻一下，就是嵇康問「哩是咧跨三小」（喂喂嵇康8＋9嗎），鍾會說「我靠，看你耍白痴」，然後氣噗噗離開了。當然，這件事沒那麼容易結束，當時主掌大權的、正是司馬懿的兒子司馬昭，

鍾會森氣氣回去之後進讒言，這個後續記錄在《魔法禁書目錄》……不，其實是《晉書・鍾會傳》之中：

初，（嵇）康居貧，嘗與向秀共鍛於大樹之下，以自贍給。潁川鍾會，貴公子也，精練有才辯，故往造焉。康不為之禮，而鍛不輟。……及是，言於文帝曰：「嵇康，臥龍也，不可起。公無憂天下，顧以康為慮耳。康欲助毌丘儉，賴山濤不聽。昔齊戮華士，魯誅少正卯，誠以害時亂教，故聖賢去之。康、安等言論放蕩，非毀典謨，帝王者所不宜容。宜因釁除之，以淳風俗。」帝既昵聽信會，遂並害之。

《晉書》說的比較清楚，嵇康和向秀當時也不是故意在那邊裝做工的人，做鐵工給鍾會打臉，而是人家家貧需要接打鐵焊接的工作。可能期限快到了他們延遲出貨，所以鍾會來沒時間招待他。沒想到鍾會回去跟司馬昭說垃圾話，說嵇康固然是像臥龍這般有才能的賢人，但若他不願意助陛下一臂之力，跑去當那些什麼不守禮教的放蕩主義分子，那就是毀婚滅家，不是啦，應該是毀壞經典，建議司馬昭不如早日除之，才可以高枕無憂。然後咧？然後嵇康他就死掉了。

在之前的書中，我曾經介紹過陶淵明的多重形象。在詩文中他表現出一個曠放不拘的形象，但現實生活中，他仍然有其謹慎、節制與收斂。也因為在六朝這樣的時局，要做一個真正曠達不拘禮節的知識分子，那是相對困難的。陶淵明〈歸園田居〉有「野外罕人事，窮巷寡輪鞅」這樣的詩句，就是說他完全斷絕了與過去仕宦朋友圈的交遊。但這首詩有個異文，「寡」又作「解」，如果是這樣的話，陶淵明意思是說他只是將自己過去象徵官員的車駕給遣散了，因為自己出入不再需要乘車。

換言之，我們想像在六朝士人無禮傲慢，任性自然做自己，其實有些落差。或許對嵇康來說，他真正貫徹地做自己，並樹立了94狂的形象。只是這樣的形象讓他沒辦法真正達到老莊強調保全性命，時代黑暗就代表人們不得不有些妥協。現在年輕人會說：做自己和沒禮貌只是一線之隔。但更退一步來說，禮儀名教原本就是人生的限制。嵇康、陶淵明也都只是一種選擇。我去逛書店，發現好幾本以委屈為名的書，可

見現代人在大環境的摧折之下，積累了相當多的委屈。但別說現代人委屈，就算是曠達的古人好像更委屈。這大概也是我們身留此世的必經之難吧。

12 軍師聯盟開外掛（2）

——嵇康與鍾會的傲嬌時光

話說我上一篇介紹嵇康、鍾會恩怨轇葛的文章，在網路上發表之後，竟然引出「嵇康」本尊帳號來參戰（我不愧是史上最強小釣手）。「嵇康」提到雖然是我的讀者（不會吧，嚇到吃手），但認為我誤解了他與鍾會那段見聞互答，沒提到兩人身處曹氏與司馬氏政權利害之下的矛盾，可謂小學而大遺。等等，這不是三國人物的臉書事件嗎？等等會有馬謖在街亭打卡，魏延在底下回文罵他白痴的畫面出現嗎？請問丞相如何是好？

不過我們暫且擱置如果嵇康有臉書，他是會每天發廢文鏘文，拍打鐵炫腹（肌）照在ＩＧ，還是會執著於讀者對他的評價與解讀好了。如果要我揣測，我猜他頁面上大概會有不少佛系厭世文，類似不洗澡不上班不起床不社交，緣分到了自然就被砍頭

（喂喂）。不過若說上一篇文章，我雖然不覺得解讀有錯，但鍾會和嵇康的愛恨確實也交代得不夠清楚。

話說鍾會還是小小蛇蛇時期，就非常仰慕嵇康大大，曾經贈書要送他，但又出於傲嬌很不好意思，根據《世說新語．文學》：

鍾會撰《四本論》，始畢，甚欲使嵇公一見。置懷中，既定，畏其難，懷不敢出，於戶外遙擲，便回急走。

身為文壇新秀，想贈書給文壇大老嵇康指正、惠存，結果又怕被搞成論文口試現場，被嵇康口委提問題，乾脆傲嬌起來，就把書丟在人家門口就落跑。請問這到底是哪招？嵇康以為是送報紙還是發傳單來了。這段怎麼讀實在都有濃厚的腐味，所謂的「此處應有本」。

再來就是我們上次提過的——鍾會正式拜訪嵇康，結果人家正好在做鐵工（玖壹壹：今晚打鐵Night）。只是這回人家鍾會可說做足準備，「乘肥衣輕，賓從如雲」，穿水水開名車還搞了大排場，動員幾千人搞不好比哪個要選市長的候選人發的走路工還多。但嵇康還是理都不理人家。這還不夠讓鍾會腦羞氣噗噗嗎？好比約會時倫家女生都化全妝了，你蛇蛇只知道手滑一樣掃興。這也就是我上次的解讀（就算嵇康本人非常震驚我都不認錯）。

其實若要從政治解讀魏晉玄學的「越名教任自然」，當然也是說得過去。「嵇康」回文後，本蛇蛇我還一度擔心竹林七賢合體來戰，後來想到嵇康早就和其中的山濤絕交了；王戎後來也身仕兩朝，屈從於司馬氏政權。被後來顏延之移出七賢之列。而山濤自己當貳臣也就算了，還要拖嵇康也下海（「山濤為選曹郎，舉康自代」），這就是有名的〈與山巨源絕交書〉的由來。在信中嵇康細數自己不願上班的N種理由：

> 臥喜晚起，而當關呼之不置，一不堪也。抱琴行吟，弋鉤草野，而吏卒守之，不得妄動，二不堪也。危坐一時，痺不得搖，性復多虱，把搔無已，而當裹以章服，揖拜上官，三不堪也。素不便書，又不喜作書，而人間多事，堆案盈機，不相酬答，則犯教傷義，欲自勉強，則不能久，四不堪也。……

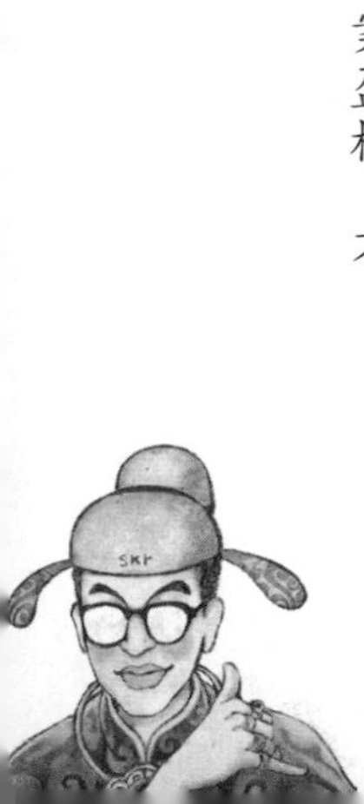

舉凡早上起不來不想上班啦，不想辦公啦，喜歡彈琴翹班啦，全身長蝨子渾身癢坐不住啦，不爽給長官行禮啦這些。你說這些都什麼理由啊？反正就是耍廢擺爛就對了。最扯的嵇康還說自己「筋駑肉緩，頭面常一月十五日不洗」、「每常小便而忍不起，令胞中略轉，乃起耳」。天性懶散，半個月不洗頭不洗臉；小便忍不住，膀胱無力，攝護腺有問題……總之就是一句話，我很懶我很廢我閃躲飄就對了。這種推託工作推諉行政的事，在現代尤其是咱們貴貴圈，好像也層出不窮。大概就是大家比懶擺爛耍廢的概念。要從政治來解讀，要說這是對混亂時局的抵抗，當然也說得過去，畢竟這就是屈原「滄浪之水濁兮，足以濯吾足」的具體實踐。但表現出來大抵就是能推就推能閃就閃，不愧是海撈七賢之首。

不過我從這次「嵇康」假帳號參戰，發現即便魏晉南北朝文學作品評價向來不高，但竹林七賢就算在當代仍然有許多狂粉，這當然也跟他們樹立起的任性不羈、灑脫簡傲的生命型態有關。能否有嘻笑怒罵的詮釋空間或許見仁見智，但我倒是想用《世說新語・任誕》裡另外一段，同屬七賢的阮籍事蹟作點補充：

> 阮步兵籍也。喪母，裴令公楷也。往弔之。阮方醉，散髮坐牀，箕踞不哭。裴至，下席於地，哭弔唁畢，便去。或問裴：「凡弔，主人哭，客乃為禮。阮既不哭，君何為哭？」裴曰：「阮方外之人，故不崇禮制；我輩俗中人，故以儀軌自居。」時人歎為兩得其中。

阮籍母喪但他依舊喝酒吃肉，這事在《世說新語》提了不只一次。其實他萬分悲摧，不過是顧及自己的狂誕姿態罷了。此時中書令裴楷前往弔唁，依禮俗當了孝男白琴哭了一回。人家問裴楷：主人不守禮教在先，想哭但是哭不出來，你何必在那邊聽海哭的聲音咧？裴楷作了一個很動人的解釋「阮籍是賢人，禮教不為其設焉，但我們仍是世俗中人，所以當然得守於禮教之內」。世間難得兩全法，有時禮教雖是外在的儀軌，但對我們安頓內在身心卻有正向的能量。於是這兩人的不同選擇，都成為推崇的典範。我以為此段文獻給今日的啟發就在於——同樣一套體制或解釋，其中仍有折衷、並行不悖的可能；就像同樣的一段文獻或脈絡，有禮教中人的理解方式，也有方外之人的詮釋空間。

這幾年我寫這專欄乍看惡搞，有時也有讀者問我，會否擔心遭保守同行口誅撻伐。就我所知確實有某些學科強調有無是非正論，講鐵證如山，不容瞎解歪讀。但至於在文學領域，其實比較沒有這個問題。我不太認同當代有些批評者，將國文或文學教育與守舊固封連結，我認識的師友同行，絕大多數心胸寬大，眼界高遠，既能容異己之見，也常發改革之聲。所謂詩無達詁，文無窮訓，一篇作品之所以能為經典，就在於它的多義與難以窮盡，因此不同角度的詮釋，實則擴充了知識論域的複雜與繁盛。而這樣的多元與異見，也正是學科不斷發展的動能。

13 軍師聯盟開外掛（3）

——曹丕和曹植的文學恩讎

我之前去中國大陸參與一個網路文學的座談會，有幸與幾位網路類型小說界的「大神」同桌共襄對談。類型小說在大陸不但風起雲湧，作家探囊富豪榜更是唾手可得，也因為這次對談，我對類型小說的分類有了更進一步的認識，除了如玄幻、仙俠、都市職場等大眾主題之外，如軍事、硬科幻、硬歷史同樣也筆耕者眾，尤其是硬歷史的作品，全然是拳拳實實的史料、詩歌、文獻、銘誄，勾勒出我們看似熟悉卻又充滿了各種深意的大歷史。

即便我身為蛇蛇宅男一枚，在鄉民光譜歸納之下，本體理當該是三國迷戰國控，但我的三國知識啟蒙大抵來自於羅貫中的《三國演義》、光榮的「三國誌」系列，以至於還未移植到家用主機的「真・三國無雙」。到了我讀書時期更進一步處理到六朝

文學與文論，這才發現三曹父子、建安文士，那真的是貢獻卓越，是文獻研究回顧裡跳不過的必讀史料。

而相對於仁德謙和的劉備，小霸王形象的孫權，曹操可能是三國時期最具立體感與多面性的英雄人物。君不見東瀛動漫遊戲改編的曹操形象，基本上就是一個壯志未酬、邪道稱霸的一代奸雄梟雄；徹頭徹尾就像電影《信長協奏曲》、《本能寺大飯店》等穿越故事裡，差點就完成胸臆裡天下一統大業的織田信長（甚至在光榮公司的遊戲人物造型上，曹操與信長的霸氣臉部特徵也十足相似），實際上過去魚豢的《魏略》，同樣就是以曹魏史觀為主旋律，這也讓這些以曹操為主軸為脈絡的歷史小說，充滿了魅力、感性與靈光。

一代梟雄的心事史事，加上他與兩個有才華世子的偏袒與賞愛，每每被拿來當成了戲劇焦點。其實曹氏兄弟之間的鬥爭確實緊張弩拔，在曹植現存的詩歌當中，有一首〈贈白馬王彪〉，前面有個序，說了一段兄弟慘烈的恩怨與結局：

黃初四年五月，白馬王、任城王與余俱朝京師、會節氣。到洛陽，任城王薨。

至七月，與白馬王還國。後有司以二王歸藩，道路宜異宿止，意毒恨之。

而再對照《世說新語・尤悔》就可以發現，其實這次任城王曹彰的暴斃，就是出於曹丕的一手毒殺：

> 魏文帝（曹丕）忌弟任城王驍壯，因在卞太后閤共圍棊，並噉棗，文帝以毒置諸棗蔕中，自選可食者而進。王弗悟，遂雜進之。既中毒，太后索水救之。帝預敕左右毀缾罐，太后徒跣趨井，無以汲。須臾，遂卒。復欲害東阿，太后曰：「汝已殺我任城，不得復殺我東阿。」

也因為太后的森氣氣，曹植於此才得以倖免保命。而他就在悲憤之下，作了這首詩贈予白馬王曹彪。而就史料來看，曹操尚在世時這對皆以文采以政事兼美著稱的兄弟，矛盾鬩牆還沒有那麼嚴重。即便在像《軍師聯盟》這般的戲劇中，曹操一方面不斷測試這兩位世子作為儲君的能力，一方面則私心偏袒才高八斗的曹植。《文心雕

龍・才略》對這兩兄弟在政治、在文采上的鬥爭，有一段很精確的評論：

> 魏文之才，洋洋清綺，舊談抑之，謂去植千里，然子建思捷而才儁，詩麗而表逸，子桓慮詳而力緩，故不競於先鳴；而樂府清越，典論辯要，迭用短長，亦無懵焉。但俗情抑揚，雷同一人，遂令文帝以位尊減才，思王以勢窘益價，未為篤論也。

意思是說以前人都說曹植比曹丕強幾千公里，但劉勰覺得有點太誇張。真正讓兩兄弟文采有落差的，在於曹丕「位尊減才」，曹植「勢窘益價」。文學史有一種同情受害者的姿態，但這不見得就是真實的美學評價。

如果進一步來談子桓、子建這兩位世子在文學評論與主張上的差異，我覺得要從兩篇文章說起：一篇就是我們以前的高中國文課本都有選的核心文《典論・論文》；另一篇則是曹植寫給楊修的〈與楊德祖書〉。就時間推測〈與楊德祖書〉成於先，曹丕〈論文〉有些回應曹植的意味。關於文學與政治，曹植是這麼說的：

今往僕少小所著辭賦，一通相與，夫街談巷說，必有可采，擊轅之歌，有應風雅，匹夫之思，未易輕棄也。辭賦小道，固未足以揄揚大義，彰示來世也。昔揚子雲先朝執戟之臣耳，猶稱壯夫不為也。吾雖德薄，位為蕃侯，猶庶幾戮力上國，流惠下民，建永世之業，留金石之功，豈徒以翰墨為勳績，辭賦為君子哉？

（曹植〈與楊德祖書〉）

他這段話說的很清楚，辭賦借代的是廣義的文章，但被認為繼承《詩經》，足以作為雅頌之亞、宣上德盡忠孝的辭賦，終究不等於實際的政治能力，因此曹植的意思是他有更偉大的志向，不僅是屬文弄墨，而是要「建永世之業，留金石之功」。那麼再來看《典論・論文》的「蓋文章經國之大業、不朽之盛事。年壽有時而盡，榮樂止乎其身，二者必至之常期，未若文章之無窮」說的就更白了，意思的就是要曹植好好寫文章，同樣可以當成經國大業，不要在那邊肖想什麼皇權帝位了。

這麼說起來曹丕好像當真是個小心眼的人，整天搞一些陰詭圖謀的事。但事實上曹丕還是與他的文學集團成員，像是王粲、劉楨等小夥伴，也曾經度過愉快歡樂的文

學時光：

> 昔日遊處，行則連輿，止則接席，何曾須臾相失。每至觴酌流行，絲竹並奏，酒酣耳熱，仰而賦詩，當此之時，忽然不自知樂也。謂百年己分，可長共相保。……（曹丕〈與吳質書〉）

曹丕這信寫在他的小夥伴多過世之後，他回想他們一起飲酒賦詩，去哪裡都一起開著車去玩，到了外面席子還有連在一起（有沒有這麼黏啊？）的共度時光。真是讓人無限感慨。我總覺得面對這種歷史的兩面，矛盾的人性，可以給予更多包容。曹丕與曹植為了至尊大位不得不然的算計與鬥爭，可能都是真實存在的，但那些「連輿」與「接席」、朝夕不相失的友誼情感，也是情真意切不容置疑的。而這種種都可說是一個歷史人物，以及一個真正且完整的人所必備的面向。而這些面向所共構的世界觀，也就是最接近無限真實透明的歷史。

我在想這或許就是曹丕、曹植這對兄弟留下來的奏鳴曲、詠嘆調。千古英雄早就昔人日已遠了，但那些或正或反的典範，至今還歷歷可見。

14 《延禧攻略》大解密

——後宮擺攤開夜市，我可以

之前有部宮廷劇《延禧攻略》超熱門，主角魏瓔珞在裡面個性耿直，有仇必報的火辣性格，讓劇迷為之瘋狂。不過劇中也用了不少古文梗，各位若看過第一集，瓔珞建議一個囂張的秀女在鞋底以金粉染蓮花，那就是她第一次要的心機，這個典故來自於南齊的最後一個皇帝、東昏侯蕭寶卷：

（東昏侯）又別為潘妃起神仙、永壽、玉壽三殿，皆匝飾以金璧。……莊嚴寺有玉九子鈴，外國寺佛面有光相，禪靈寺塔諸寶珥，皆剝取以施潘妃殿飾。性急暴，所作便欲速成，造殿未施梁桷，便於地畫之，唯須宏麗，不知精密。酷不別畫，但取絢曜而已，故諸匠賴此得不用情。又鑿金為蓮華以帖地，令潘妃行其

上，曰：「此步步生蓮華也。」（《南史・東昏侯傳》）

東昏侯的愛妃名叫潘玉兒，在《延禧攻略》改為潘玉奴，話說因為這潘妃喜歡Bling-Bling的聖誕樹裝飾，東昏侯就把佛塔的金鈴剝下來裝到潘妃房房裡（為什麼又要講疊字），這事爾後被唐朝仇女戰神李商隱表到飛起來，寫了〈齊宮詞〉來嘲諷她。而除了將佛寺裝飾都給潘妃當做宮殿的掛飾之外，更讓地上鑿金蓮花，讓潘妃走過，仿效當年釋迦牟尼步步生蓮華的典故，只能說金變態。所以在《延禧攻略》裡，乾隆看了那步步生蓮的秀女才會如此森氣氣，大罵秀女「蕭寶卷是昏君，潘妃是妖妃，這豈不是把朕跟蕭寶卷相提並論了嗎」？

劇中雖然沒有說清楚，但魏瓔珞卻對這段史料很熟悉，所以鄉親啊尼看看讀古文有多重要。而《延禧攻略》裡另外一段，後宮嬪妃全體變裝擺市集的故事，雖然清代也有但也可以追溯自東昏侯。要介紹這典故，要先說明南朝貴族的生活與娛樂。話說古典時期的貴族通常養尊處優，生活優渥，在聲色娛樂過度疲乏的情況下，他們難免得找一些新娛樂得到一種扮裝的快感，而其中搞變裝搞得規模最大最鋪張的，也就是

咱們這位以昏君出名的南齊東昏侯：

（東昏侯）於苑中立店肆，模大市，日游市中，雜所貨物，與宮人閹豎共為裨販。以潘妃為市令，自為市吏錄事，將鬥者就潘妃罰之。帝小有得失，潘則與杖，乃敕虎賁威儀不得進大荊子……每游走，潘氏乘小輿，宮人皆露褌，著綠絲屩，帝自戎服騎馬從後。又開渠立埭，躬自引船，埭上設店，坐而屠肉。於時百姓歌云：「閱武堂，種楊柳，至尊屠肉，潘妃酤酒。」（《南史・東昏侯傳》）

史傳有載說這潘妃啊，其實出自庶民階層，其父在市集做過買賣，基本上就是「夜市人生」的劇情，所以潘妃特別喜歡那種平民市集的雜沓紊亂氣氛。因此寵幸她的東昏侯就給他在其御苑裡搞了個夜市菜市場，全宮的婢女太監都扮成攤販，這種大型變裝派對感覺起來滿high的，和之前高中生扮納粹有得比。按照上述《南史》所載，這市集全都玩真的，鬧事偷竊什麼都有，連皇帝自己亂擺攤位都要被開罰單，還要被鞭刑（根本加入SM元素），聽起來實在有點色色der。但咱們東昏侯顯得玩得很盡興扮得很認真，還自己變裝成殺豬的。於是當時的酸民就編了一首歌：「至尊屠肉，潘妃酤酒。」皇帝自己拿殺豬刀，貴妃變成酒店妹，這成何體統？

但其實整個魏晉南北朝，這樣的扮裝癖與變裝趴竟然比我們想的還要多次，而且多半都是君主或王侯等名人有此嗜好，如以下幾段史書的原文：

> （宋少帝劉義符）居帝王之位……於華林園為列肆，親自酤賣。又開瀆聚土，以象破岡埭，與左右引船唱呼，以為歡樂。（《宋書・少帝紀》）

> （南齊鬱林王蕭昭業）常裸袒，著紅紫錦繡新衣、錦帽、紅縠褌，雜采袙服。好鬥雞，密買雞至數千價。（《南史・鬱林王紀》）

> （北齊幼主高恒）於華林園立貧窮村舍，帝自弊衣為乞食兒；又為窮兒之市，躬自交易。（《北齊書・幼主紀》）

我的老天鵝啊，少帝劉義符除了搞市集，還喜歡裝民工，跟著一起去做粗工打石工。至於鬱林王蕭昭業就更丂一尢了，嗜好裸半身，玩那種市井小民的鬥雞遊戲。最

94狂的就是北齊的高恒，穿著破爛衣服變裝成犀利哥在路邊乞討，討爽了還跑去貧民窟跟丐幫的混在一起以物易物。前面提到的《延禧攻略》——後宮諸嬪妃當起攤販，魏瓔珞親自賣酒，這種俚俗與低俗的扮裝，其實帶來更多的刺激與新鮮感。

至於這背後到底是什麼樣的變態心理呢？學界推測是一種逐奇尚異。試想，這群王侯貴族跟我們蛇蛇的世界完全不一樣，他們含著金湯匙出生，從小就是人生勝利組，日復一日錦衣玉食飯來張口。庶民的混亂、雜沓與傖俗成了他們嚮往的美學，於是乎在所有娛樂都耗盡而再無新鮮感的時候，他們必須透過這種變裝或自虐來達到娛樂效果。

這種心態微妙而複雜，學者如鄭毓瑜在《文本風景》中更進一步認為，這樣的變裝其實反而有一種特權建構的意味。就好像美女正咩喜歡秀素顏照或玩扮醜扮鬼的APP，那是一種「因為我是貴族所以我爽就可以扮成販夫走卒」的權威，是一種單向度的越界，就像《乞丐王子》的故事。一旦扮窮醜扮乞丐變成了現實，那就再無娛樂歡快而只剩下悲慘。

所以奢談什麼變裝只是好玩，搞笑只因無知，實則太化約了人類行為與自由意志的多元和複雜。每次的選擇與無機的行為，背後都有一連串深刻細碎的符號能指。這也正是學術研究的意義。

15 後宮真煩傳？

——古代公主大亂鬥

這幾年陸劇尤其是宮鬥劇風靡，從稍早的《後宮甄嬛傳》，到《延禧攻略》和《如懿傳》等等，看這些后妃吃醋爭寵，各出奇招，讓人懷疑以前皇帝到底還有沒有在上班上朝。不過說真的比起這些清宮劇，說起先秦時期幾個浮花浪蕊著稱的飄撇女性，那還真的超越宮廷劇、甚至猶如鄉土劇一樣動魄驚心。

對於國學語文常識還稍微保有記憶的讀者，大概知道孔子作《春秋》，筆則筆、削則削，強調微言大義，此謂之曰「春秋筆法」。但由於太過「微言」，很多該說的該記的部份就略而言之，僅有一兩句話輕描淡寫，此後有所謂「春秋三傳」對《春秋》進行注疏，而三傳裡面的《公羊傳》、《穀梁傳》著重在記言，而《左傳》則旨在記事，所以《左傳》貌似離我們遙遠，但其間保存下來的各種誇張情事始末，簡直就像

《藍色蜘蛛網》或《玫瑰銅鈴眼》等節目般生動。

首先跟各位介紹的是先秦第一妖后夏姬。話說周代君王姓姬，春秋時期的公主們也多半姓姬，夏姬因嫁與陳國大夫夏御叔，所以稱之為夏姬。日文「姬」即為公主之意，其典故就出自此處。而夏姬的元配丈夫壯年而逝，留下年僅十二歲的孤兒夏徵舒，夏姬馬上展現其性解放真性情，除了與陳靈公有姦情，還跟另外兩個陳國大夫都有一腿：結果這三位表哥表弟還剛剛好、不，我是說哥倆好，穿著夏姬的內衣在朝堂之上玩樂。這一般來說不是開什麼性愛趴ㄎㄧㄤ掉才會有的情節嗎？原來ＳＯＤ都是真的：

> 陳靈公與孔寧、儀行父通於夏姬，皆衷其衵服，以戲于朝。洩冶諫曰：「公卿宣淫，民無效焉，且聞不令。君其納之！」公曰：「吾能改矣。」公告二子。二子請殺之，公弗禁，遂殺洩冶。（《左傳‧宣公九年》）

我的老天鵝啊，這到底是命運的糾纏，還是情愛的糾結，雖然案情峰迴路轉，但

有人真的看不下去了。於是有一個忠良朝臣洩冶，進諫制止靈公與孔寧、儀行父這三位表兄弟，要他們不要在大殿之上搞這種謎片劇情，然後他就被殺惹。我到底看了什麼？只能說活在那個年代比當前被查水錶還要恐怖。

根據《春秋》褒貶的寫作方式，不意外的，靈公很快遭到報應，宣公十八年，這三位表兄弟又一起跑去夏姬夫人家裡去四匹，玩什麼包廂內吃吃，我說去一起喝酒，結果喝到茫有人亂講話：

陳靈公與孔寧、儀行父飲酒於夏氏。公謂行父曰：「徵舒似女。」對曰：「亦似君。」徵舒病之。公出，自其廄射而殺之。二子奔楚。(《左傳・宣公十八年》)

陳靈公真憨慢說話，而且他緊失敗。他先跟行父講幹話，說我看夏姬他兒子夏徵舒跟你長滿像的。行父大夫回說「我倒覺得比較像國君」，哇咧他們在人家兒子面前公啥小？是想跟夏徵舒對幹膩？難道不能去驗ＤＮＡ？所謂靈公眼鏡髒，夏姬看成娘，指著紗窗說藍色蜘蛛網。結果表哥三人組酒酣耳熱要去續攤，兒子躲在停車場

（馬廄），把靈公給斃掉了。這不是玩命關頭的情節嗎？雖然徵舒出於義憤，但弒君終究是大罪，隨後陳國陷入混亂，而史臣則將這整齣糾結的八點檔劇情歸咎於夏姬的淫行，其實也是有些無辜而無奈。

另外一個春秋時期以淫亂著名的公主是齊國的文姜。文姜是典型兄控，在她出嫁之前就與哥哥齊襄公亂倫。而出嫁之後魯公帶文姜回到了齊國娘家，沒想到就在這後頭厝，兩人舊情復萌，接下來就需要柯南的好朋友苗栗小五郎登場了：

> 十八年春，公將有行，遂與姜氏如齊。申繻曰：「女有家，男有室，無相瀆也，謂之有禮。易此，必敗。」公會齊侯於濼，遂及文姜如齊。齊侯通焉。公謫之，以告。夏四月丙子，享公。使公子彭生乘公，公薨於車。（《左傳・桓公十八年》）

是說在魯公要去齊國之前，有個人稱魯國萌萌的大夫，緊急告誡魯公說：「男女有分，是我國千年傳統，若人無照甲子，天就無照天理。」結果魯公沒睬小他。去了

齊國魯公抓姦在床。這段好像真的在D槽裡看過。隔了一陣子，魯公與齊公子彭生同車，車開到終點才發現魯公在車裡面掛了（耳邊想起柯南的配樂），我推測這是一樁密室殺人（才怪）。

其實此事很明顯就是文姜與齊侯姦情敗露，而公子彭生奉命謀殺魯公，只是根據春秋筆法，既然不確切的事件就不能寫得太直露。所以才用這種推理懸疑的方式來寫。當然說起來魯公會不會是死於心臟痲痹或熱衰竭，都是有可能的，總之在《左傳》的旁敲側記下，春秋時期的各種奇淫扯事，還有宛如鄉土劇的爭產奪嫡驗ＤＮＡ，都讀來生猛靈動、猶在目前。

當然由於時代相隔久遠，我們讀《左傳》的那些故事會覺得情節還是過於簡略草率，但正因為那是一個禮樂走向崩壞，倫理傾向歪斜的混亂時代，也才造就出諸子百家那些諄諄正道的思想。這麼說來所謂的倫理、道德，從來不僅是同一個面向，充滿了隨著時間軸的動態建構。或許就在閱讀這些典籍的過程中，我們也能對所謂的道德倫常給予更多元的想像。

有本書好想送給
稽康歐巴喔
小鮮肉鍾會
稽康歐巴
歐都K~
稽康安安，約嗎？
尼死定惹

第三輯

好漢不敵姑婆勇，古代功德幹話王

曹

16 除了摩天輪還可以愛上啥？

——讓護家盟崩潰的馮夢龍《情史》

之前同婚爭議戰到烽火連天時，有一篇臉書瘋轉的文章〈誰說一夫一妻是中華傳統〉，其論據自有可考，但我所處的同溫層師長顯然有些不同的意見。過去尤其明代確實有男色風氣，但要說古典時期同性戀或多元成家是普遍現象，倒也還不至於。這此間的男色或孌童歷史錯綜複雜，且男色風氣一般認為到了明清才開始風行。

清代劇作家李漁曾有部擬話本《無聲戲》，堪稱就是男色風氣的代表作品。其中有個故事為〈男孟母教合三遷〉，就是在寫閩地的男色風氣。雖然未必與現實完全相仿，但小說提到當時的男色風氣：「各處俱尚，尤莫盛於閩中。由建寧、邵武而上，一府甚似一府，一縣甚似一縣。」從「盛於閩中」來看，台灣成為亞洲婚姻平權的指標，似乎也不ＥＹ。

而就在當時福建這樣婚姻平權風氣之下，故事兩位男主角許季芳和瑞郎登場了。瑞郎年方十四，皮膚白裡透紅更勝妹紙，堪稱當時福建第一美少年，秀才許季芳一見傾心，覺得以自己外表帥到不分手不難，但最好還是趕快將正太娶回家，以免日後夜長夢多，話本原文是這樣說的：

> 許季芳別了瑞郎回去，如醉如癡，思想：「興化府中竟有這般絕色，不枉我選擇多年。我今日搔手之時，見他微微含笑，絕無拒絕之容，要相處他，或者也還容易。只是三日一交，五日一會，只算得朋友，叫不得夫妻，定要娶他回來，做了填房，長久相依才好。況且這樣異寶，誰人不起窺伺之心？縱然與我相好，也禁不得他相處別人，畢竟要使他從一而終，方才遂我大志。」翻來覆去，想到天明。（〈男孟母教合三遷〉）

無奈的是隨著小說發展，又出現了一些命運的糾結、情愛的糾葛，導致季芳大大遲遲未去提親，瑞郎老爸又欠人家錢，於是獅子大開口要求追他兒子的公子拿出聘金

五百兩：「福建地方，南風雖有受聘之例，不過是個意思，多則數十金，少則數金，以示相求之意，哪有動半千金聘男子的？眾人見他開了大口，個個都禁止不提。」（到底一個正太多少人追啊？）

因為老爸太愛錢，導致瑞郎追求者銳減，公豬公豬夜裡開始哭哭了（我亂講的），「不上半月，害起相思病來」，但好在最後許季芳終於還是來提親了，於是他倆人的同志婚姻正式生效，成為當時亞洲第一對辦過公開儀式的合法同性伴侶（真心沒騙）。關於他倆大喜之日，李漁是這樣描寫的：

季芳選下吉日，領了瑞郎過門，這一夜的洞房花燭，比當日娶親的光景大不相同。有《撒帳詞》為證：「銀燭燒來滿畫堂，新人羞澀背新郎。新郎不用相扳扯，便不回頭也不妨。」（〈男孟母教合三遷〉）

有公開儀式，有洞房花燭，加上「新人羞澀背新郎」，實在不能說自古就無男男婚的傳統了。除此之外，反同婚陣營還有個腦補過頭的神論點，就是所謂的人獸交以至於人與摩天輪結婚。但我要說的是，其實這個人獸哏可不是當代才想到的神邏輯，在古典小說或志怪裡早有很多關於人妖戀、人獸戀或人物戀的故事，在《聊齋》或《閱微草堂筆記》頻繁得見。

明代時有一筆名為詹詹外史的士人，編纂了一部《情史》，爾後考據認為這位詹詹外史，其實就是《三言》的作者馮夢龍。在《情史》書中收錄了歷代各種錯愛畸戀的志怪或小說，除了男女兩性的情愛之外，卷二十是「情鬼類」專門收錄人鬼戀、冥婚這一類；卷二十一「情妖類」則專門講護家盟惡夢幻見的人獸交、人物交，以及物化為妖與人相戀的故事；另外卷二十二「情外類」討論者不少，專門收錄同性相戀的故事，包括我們熟知的龍陽君或斷袖之癖，都可以在此篇發掘出其原典。此處我就為各位精選「情妖類」篇中的幾則故事，與各位奇聞共享，至於驚悚程度是否能超越人與摩天輪之愛，能否讓萌萌崩潰，讓我們繼續看下去。

首先是〈白魚怪〉這個人獸交的故事。三國時東吳少帝年間，會稽餘姚縣有一個超正美少女，才十四歲（喂，警察局嗎？有蘿莉控要出動了），附近一堆豬哥都來提親全部被打槍。這時男主角一號江郎出現：

有少年姿貌玉潔，年二十餘，自稱江郎，願婚此女。父母愛其容質，遂許之。問其家族，云：「居會稽。」……因納聘財，遂成婚媾。已而經年，其女有孕。至十二月，生下一物，如絹囊，大如升，在地不動。母甚怪異，以刀剖之，悉是魚子。（〈白魚怪〉）

所謂人帥益生菌就是這樣。結婚後女兒懷孕了，但生下來大夥都驚呆了，媽媽還拿來生魚片刀現剖，準備做魚卵握壽司。就在大家都嚇鼠的時候，這家人決定晚上等江郎睡著之後來調查，結果「收其所著衣視之，皆有鱗甲之狀」。這故事大結局更恐怖——「家人急開戶視之，見床下有白魚，長六七尺，未死，在地撥刺，砍斷之投江中。女後別嫁。」把這人魚交的男主角擊斃之後，女兒還能改嫁，可否請護家盟趕快來取締一下？

上述這是人魚結婚還順利產子（卵）的故事。除此之外，也發生過當事人崇尚婚姻自由，但外人在那邊百般阻擾說什麼「人妖相戀，全民決定」的故事，如風中〈蟾蜍〉這一則：

沈慶校書，言境中有一吏人家，女病邪，飲食無恆，或歌或哭，裸形奔馳，抓毀面目，遂召巫者治之。結壇場，鳴鼓吹。禁咒之次，有一乘航船者，偶駐泊門首，枕舷而臥。忽見陰溝中一蟾蜍，大如碗，朱眼毛足，隨鼓聲作舞。異之，將篙撥得，縛於篣板下。聞其女叫云：「何故縛我婿？」

故事發生在某家裡的女兒得怪病，這怪病有何徵狀呢？就暴飲暴食，喜怒無常，還裸奔又自殘自毀面目啥的……一看就知道是性解放的徵狀。家裡人找來巫醫法師都沒用，這時一個行船的老司機，發現水溝裡有一隻蟾蜍，將牠抓了準備做三杯田雞（不是用蟾蜍料理好嗎？）就在這隻大蟾蜍即將被解剖成風中蟾蜍之際，這家女兒就衝出來怒吼說「幹嘛抓我腦公？」狂，她真的很狂，人獸交果然在幾百年前就發生過了。

故事最後是老司機將蟾蜍「以油熬之，女翌日愈」，讀過傅柯的我們都知道所謂的瘋癲與文明、正常與異常不過是標籤和定義，是權力運作的結果，從正常的角度來說，這人獸交的女兒終於痊癒了，但她也因此沒能寫出迪士尼那般的青蛙王子童話。

至於人和摩天輪結婚這個想像，說真的實在有點弱。在《情史》裡記載人物戀有

「石獅」、「石杵」、「琴」、「牛骨」、「掃帚」等東東，這真的超狂，就像鄉民都說的「初音我老婆」或將艦娘作內人，人物戀只要不妨礙旁人真的沒什麼，就像「石獅戀」裡陳氏女的戀愛抉擇：

金華縣郭外三十裡間，陳秀才有女，美容質，擇婿欲嫁，而為妖祟所惑，不復知人。其家頗富贍，不惜金幣，招迎師巫，以十數道士齋醮符法。凡可以禳治者，靡不至，經年弗痊。其鄰張生，亦士人也，夜聞女歌呼笑語，密往窺之，門外一石獅子，高而且大，乃躡其背而立。女忽怒，言曰：「元不干張秀才事，何為苦我？」張生愕然，知必此物為怪，將以明日告陳。（〈石獅〉）

面對我們難以理解的現實，可能會以「這是什麼妖術」來解釋，但事實是就是陳家正妹愛上了自己家門口的又高又壯石獅子腦公，晚上和它「歌呼笑語」，隔壁鄰居張生自己把妹把輸給石獅（廢話你有人家硬嗎？）（我是說拳頭），見笑轉生氣去找陳妹妹的老爸告狀，結果和前面差不多，就是石獅這妖孽被砸碎，又過了平安的一天，謝謝飛天小女警。

只是多年後我們仿若仍聽見陳氏女「原不干張秀才事，何為苦我」的呼喊，這句話只消一翻譯，就是現在婚姻平權的海報標語了。到底別人戀愛干你什麼事呢？如果說從古迄今這些看似異常實則真愛的故事從來都沒少過，那麼這些愛管閒事的萌萌們似乎也沒少過。但我始終質疑的是——當我們想像有著一條界線嚴密、不容稍微質疑的「正常」疆界時，我們想著有一種正確的戀愛與倫理，有一種建立健全家庭的標準答案時，這本身是否才是最不正常、最變態的？

17 蘇轍母湯喔

——國文課教過的馬屁文

前一陣子我的臉書同溫層，又因為台大的挺管與教育部的拔管，產生一陣混戰。而在此戰役中張大春寫給管中閔一封〈致中閔書〉，竟然也熱議，姑且不論其牽涉的校長遴選等等政治紛爭，〈致中閔書〉開頭引用了古文八大家之一蘇轍的〈上樞密韓太尉書〉，而這篇文章也被當成「汪洋澹泊」的蘇轍古文代表作。

不過即便蘇轍這文寫的是縱橫捭闔，但考察其寫作背景與脈絡，卻難免招致馬屁之譏。一般認為這篇文章寫於宋仁宗嘉祐二年（一〇五七），當時十九歲的蘇轍和其兄蘇軾一同考取進士，但他倆朝中無人，於是寫了這封信給當時太尉韓琦。文中提出自己對於「文氣」的看法，並懇託韓琦的指教。〈上樞密韓太尉書〉開頭的第一段，即是張大春引用的：

> 轍生好為文，思之至深，以為文者，氣之所形，然文不可以學而能，氣可以養而致。孟子曰：「我善養吾浩然之氣。」……太史公行天下，周覽四海名山大川……。此二子者，豈嘗執筆學為如此之文哉？其氣充乎其中而溢乎其貌，動乎其言而見乎其文，而不自知也。

大意是蘇轍自道自己天性愛好文術棒棒der，但卻也認為文章並非透過學習而成，而是由天性秉性的「氣」所形成，這樣的氣韻可以透過淵博的閱歷來培養，因此像孟子或司馬遷這樣的聖賢，並非刻意學文，而是因為「氣充乎中而溢乎貌」，天生神力所以文章就寫得好棒棒。

其實「文氣說」在古典文論裡稱不上什麼新發明，曹丕《典論・論文》曾提出「文以氣為主」，而後《文心雕龍》在〈風骨〉、〈養氣〉諸篇，都談到了「文氣」的重要，但我以為劉勰談的「氣」更全面而有見地：

> 夫翬翟備色，而翾翥百步，肌豐而力沈也。鷹隼乏采，而翰飛戾天，骨勁而氣

> 猛也。文章才力，有似於此。（《文心雕龍・風骨》）

當然，六朝文論對文學看法不同於唐宋古文家，誇逞辭采也不是古文家所追求的，所謂的「翬翟備色，翾翥百步」與「鷹隼乏采，翰飛戾天」，指山雞徒有華麗羽翼，卻無力飛行；老鷹翱翔天際，卻缺乏紋理，而骨氣與文采必須折衷，才能達到至高的境界。

但是問題來了，蘇轍特別強調「文不可以學而能，氣可以養而致」的意義何在？這可能和韓琦不擅長寫作有關。就如這封信的後段所說的：

> 太尉（韓琦）以才略冠天下，天下之所恃以無憂，四夷之所憚以不敢發，入則周公、召公，出則方叔、召虎。而轍也未之見焉。（〈上樞密韓太尉書〉）

當時蘇轍見識到了歐陽修的雄辯，傻眼貓咪，嚇到吃手手，於是即便他還沒有見到韓琦本人，但先將韓琦捧到飛高高。而「文氣」的主張也很明顯，意思說像韓太尉此等一流人物，見識廣博，就讓四夷不敢妄動，這就是氣韻之所在。

這封頗有馬屁阿諛意味的古文，因出於蘇轍之手，成為經典核心古文。不過我覺得就像我們之前介紹過，蕭綱寫給兒子〈與當陽公大心書〉裡的說法，「立身之道，與文章異」，文章之法確實不等於立身之道，不必太過苛責。但也因為蘇轍與韓琦在此信裡展現的親密基情，爾後更有筆記小說以此為題添醋加油，如張岱《夜航船》裡就有一則〈奏改試期〉的軼事：

> 宋朝科試在八月中，子由忽感寒疾，自料不能及矣。韓魏公（琦）知而奏曰：「今歲制科之士，惟蘇軾、蘇轍最有聲望。聞其弟轍偶疾，如此人不得就試，甚非眾望，須展限以待之。」上許之。直待子由病痊，方引就試，比常例遲至二十日。

宋代科舉原本都定為八月，但由於蘇轍應考前重感冒，可能得請病假，韓琦此時啟奏皇上，說本年度科考，最受矚目的就蘇轍、蘇軾兩兄弟，這下若蘇轍來不了了，大家考了也是白考，希望延後考試。哇哩咧，我還以為我在看《中國有嘻哈》咧，糖

糖你先把蘇軾、蘇轍記下來。這到底是什麼江西方言咧（簡稱贛話）？結果ＴＭＤ皇帝竟然還准奏，從此之後宋代科舉都改成九月考試。我說這個主考官為了圖利特定考生，學測延後二十天，實在稱不上公平。且神一樣的對手因病退賽，這對其他考生來說才是眾望所歸吧？這種因人設事，為個人更改考試日程的先例，要是發生在現代，覺醒青年還不森氣氣、抗議考試不公，選舉無效？等等，我怎麼又有一種既視感？〈上樞密韓太尉書〉固然是一篇經典古文，蘇轍的「文氣論」雖稱不上新穎，卻很有策略性的謙卑謙卑再謙卑，請韓太尉給初入貴圈（官場）的自己指導和提攜。不過假若考試之前，還真有這種「奏改試期」的偏袒舞弊，那真的是有些不太進步了。

但我總覺得在眼下這時代讀寫古文或引經據典，有時不過自娛娛人，一來不必推之過重；二來也不必用當代的進步或退縮的角度來衡量。我見眾鄉民一讀到文言文，先不論其內容直接稱之９４廢或好棒棒，也未必太認真了些。古文教學若具備當代意義，讀懂文中的目的與策略，及其帶給我們現在人可能的預視與啟發，或許還來得更加重要。

18 七休一別唬爛

——古人工時知多少？

之前我被找去與古典ＢＬ教母、唐代崩壞國文第一把交椅的謝金魚對談，咱倆聊起唐代幾個文人輪班的實況，回過頭就看到咱們偉哉勞動部（又名常常把人家畫布給幹走的幹話部）發新聞稿——說因應勞工過勞、雇主違規的可能，決定透過海報和微電影來進行宣導，讓我想到古代士大夫如果穿越到我們當前的鬼島，不知對現行制度的這種七休一、加班上限的規定，會不會感到過勞，於是我冒著被譙賴神同路人的風險，稍微研究了一下漢唐的例假制度。

在人稱「古代最狂行車記錄器」的樂府詩〈相逢行〉當中，有幾句詩是這麼寫的：「兄弟兩三人，中子為侍郎。五日一來歸，道上自生光。」五日一來歸指的就是漢代官吏的休假輪班原則，例假是五日休一日，簡稱五休一。你說ＴＭＤ這竟然還完

勝我大鬼島，我想漢武帝本人知道的話應該也會相當震驚。

根據《太平御覽》的說法，漢代的休假日稱為「休沐」，一開始真的是那種讓官員得以回家更衣洗澡準備繼續輪班的意義：「《漢律》：吏五日得一休沐，言休息以洗沐也。」你可能會想說洗澡需要洗一天嗎？不過就好像摩鐵休息也通常不是休息似的，總之五日一修幹，不，我是說五日一休沐的制度，大抵可算是避免官吏過勞的保障。

此外呢，漢代就已經有輪班以及職務代理人的機制，根據《漢書・霍光傳》，當時重臣霍光權傾一時，重用上官桀：

（霍）光與左將軍桀結婚相親，光長女為桀子安妻。有女年與帝相配，桀因帝姊鄂邑蓋主內安女後宮為婕妤，數月立為皇后。父安為驃騎將軍，封桑樂侯。光時休沐出，桀輒入代光決事。

先說不是霍光和上官桀結婚，各位腐腐別激動，是說他倆結為親家。因此說起來這不能算輪班，就是由心腹代為決行的概念，與鬼島現行的慣老闆休假你加班，出了事找你背黑鍋的習俗仍然有一些差別。不過這套休沐的制度是當真很認真在執行，因為在西漢時有個學霸張扶，被慣老闆管到ㄎㄧㄤ了，成了工作狂，一上班就停不下來不想下班不想簽退（這種要求我這輩子沒聽過），結果反而被酸到飛起來：

> 及日至休吏，決曹掾張扶獨不肯休，坐曹治事。宣出教曰：「蓋禮貴和，人道尚通。日至，吏以令休，由來已久。曹雖有公職事，家亦望私恩意。曹掾從眾，歸對妻子，設酒肴，請鄰里，一笑相樂，斯亦可矣。」扶慚愧。（《漢書・薛宣傳》）

張扶不履行五休一的一例一休，結果他老闆薛宣傻眼，嚇得吃手手，想說張扶給拎北故意來亂，是想害我被勞檢開罰嗎？馬上把他叫出來教誨一番，說這個一例一休是我國自古優良傳統，你想加班加到過勞死好棒棒，可以得諾貝爾獎，但你有想過自己家裡妻兒的感受嗎？竟然只想到你自己，還不趕快回家請客吃飯洗洗睡？結果是張

挾覺得慚愧。看看，這種遵守勞動基準法的勞資雙方是否比較如今還要更正常一些？

雖說漢代是這樣這麼尊重人性，體恤官吏的好時代，但到了唐代就改成「旬日」休假，也就是依據上旬、中旬、下旬，每十天休假一日。感覺休假日被大減，但畢竟君主集權時代小夥伴們也就忍了。而且古代官吏的各種差勤假其實比現代更多，最著名的就是「丁憂」這類的喪假。前本書講孔子對宰我森氣氣的那集《論語》有介紹過，宰我除了上課睡覺惹老師氣噗噗之外，還曾當面嗆老師「三年之喪」。宰我的建議是：

> 三年之喪，期已久矣。君子三年不為禮，禮必壞；三年不為樂，樂必崩。舊穀既沒，新穀既升，鑽燧改火，期可已矣。（《論語・陽貨》）

先不說拿什麼禮崩樂壞講幹話嗆老師，其實我覺得宰我的說法挺合理，所謂的「舊穀既沒，新穀既升」和「鑽燧改火」，意思就是嗆老師說「你們這些老欸還在殺豬公，我們覺青早就上太空了」，宰我的建議是「期可已」，也就是守喪一年就夠了。如果還在那邊守喪三年就好像原始人已知用火、鑽木取火那般過時了。其實認真來評估這個建議還算不錯，甚至請喪假一年不做事在現在來想根本是奢侈，就好像鄉民提的做十四年休兩年的白爛提案。

只是這提議的結果，就在孔子怒嗆宰我「不仁」下落幕。孔老師邏輯是「子生三年，然後免於父母之懷。夫三年之喪，天下之通喪也」，父母養我們三年才能脫離懷抱，也因此，這個三年喪期就此被嚴格確立下來，爾後官吏以丁憂請假通常都能予以准假。也因此朝代君皇易嬗的時期，也經常有士人以丁憂喪期而避拒出仕，明哲保身。

當然，歷代也不是沒有對於這超長喪假進行改良，如漢文帝就曾「以日易月」，將守喪之禮由二十五個月改為二十五日，這如同我們如今喪禮將七七改為七天很類似。說起來丁憂守喪這些休假與習俗傳統有關，或許是一回事，這篇重點也不是要說古代放假怎麼放，例休比如何適合今日將比照辦理。當前的低薪少假高工時責任制……勞資困境可能是全面性的，是環環轇結扣合的，並不是只歸咎給休假的多寡與間隔。

然而在這樣一個集體厭世、停滯的悲慘時代，我們能否要求更趨近人性的工時工

安工作環境，在在都將反饋到了我們自身。我們要求出遊的安全，那麼就應當顧及遊覽車駕駛的工時與輪休；我們捍衛醫療的權利，那麼理當考量醫護人員的正常班表和假勤……那個將自身壓縮成為世界或社會的小螺絲釘的時代已經過去了，很遠很遠。或者說，我們應當保障最基本的安全與生存權，不為別人，就為了我們自己。

19 月薪十萬，能撈就撈？

——唐朝詩人月薪一覽表

關於新世代的困境，二十二K的惡法，什麼台灣年輕人缺乏狼性，社會是不是hen公平等等這類的話題，其實已經討論了好幾年（喂，不是說好不戰這個）。更慘的是每當有些人被破格任用拔擢，當上了什麼總經理董事長還發言人之類的，就會被人家檢討每個月爽領多少等等的。

其實上班族都知道薪水算是隱私的一部分，不好隨便問，雖然過年還是會被一些白目長輩出來說三道四。但其實唐代詩人，尤其是中唐新樂府那一掛，強調詩歌要應時而作，要阿嬤都看得懂的詩人，倒是常常在詩裡曬月薪。

這學期我再度教到元稹〈遣悲懷〉這首悼亡神詩。第一首最後兩句「今日俸錢過十萬，與君營奠復營齋」，說來情感很真摯，但實在白話到ㄎㄅ又傻眼，讓人想回

「元稹，毋湯喔」。這兩句詩直接翻譯就是「現在月薪破十萬，只能給你辦法會」。之前《讀古文撞到鄉民》寫元稹這裡的情感，是只能共貧賤卻無緣共享樂的悲摧，對亡妻有種類似「可惜不是你／陪我到最後」的無奈，但過去這首詩繫年一般是在元和六年（八一一），當時元稹轉任監察御史，終於算是當了個像樣的官，於是想到沒機會讓亡妻過好日子，不禁悲從中來。

但監察御史月薪甘有十萬摳嗎？過去國學大師陳寅恪就曾經檢討過這件事，說御史頂多四、五萬，認為元稹不會灌水嘴豪那麼誇張，所以此詩應該作於元和十三年（八一八），元稹任通州司馬兼領州務，加上額外加給，差不多八、九萬，膨風一下說十萬也還說得過去。

想到古人的薪水就覺得這話題滿妙的，於是我就隨手查了一下。不查不得了，元稹和他的老基友白居易原來都不怕月薪被人家知道，尤其我們熟悉的老白，寫了N首關於自己不同時期的薪水變化。起初白居易剛來到天龍國，被人家嗆說你南部人別來亂，隨後他秀出自己的文章，周遭傻眼貓咪，於是老白就電擊移籍長安天龍國，開始他的小官吏奮鬥史。

白居易第一個做的官叫做「校書郎」，這是一個九品小官，也是進士科出身的文人經常初任的官職，他在〈常樂里閒居偶題〉詩中寫到：

茅屋四五間，一馬二僕夫。俸錢萬六千，月給亦有餘。既無衣食牽，亦少人事拘，遂使少年心，日日常晏如。

白居易說他月薪雖然十六K，但感覺錢夠用就好，於是每天都充實又快樂。這時候長輩就會跳出來罵說，安安，你才十六K就覺得滿足了，請問是不是缺乏狼性？但仔細看這首詩前面說的——茅屋就有四、五間，有配車配司機，其實這待遇很不錯了（謎之聲：月領三十K只能住茅房……）。

苦幹實幹了幾年之後，白居易升遷到了「左拾遺」，在〈酒後走筆〉詩中，他又把工作量和薪水誠實地說出來：

月懶諫紙二千張，歲愧俸錢三十萬。

這這這，每月繳交諫書兩千張稿紙，我們大致算一張稿紙寫個一百字好了，那就是二十萬字，然後每年年薪三十萬，平均每個月還不到三萬，平均下來稿費一字才〇・一五元，實在有點辛酸（看向編輯）（嚇到吃手）。但重點還是古早錢比較有價值，如果三萬是美金的話這稿費其實還算不錯了。接著白居易當了「翰林學士」，兼任京兆尹的「戶曹參軍」，這時候他薪水也開始大提升：

俸錢四五萬，月可奉晨昏。溽祿二百石，歲可盈倉囷。

咱們老白的月薪飆到四、五萬，還有以食物穀物代償的制度，可以說越領越多，開始進階成為爽爽領高薪、待退領年金的八百壯士（我又在公啥小）。接著他當「蘇州刺史」，「十萬戶州尤覺貴，兩千石祿敢言貧」；當「賓客分司」，寫「俸錢八九萬，給受無虛月」。至於最扯的大概是老白晚年轉任「太子少傅」，他寫了一首〈從同州刺史改授太子少傅分司〉：

承華東署三分務，履道西池七過春。歌酒優遊聊卒歲，園林蕭灑可終身。留侯爵秩誠虛貴，疏受生涯未苦貧。月俸百千官二品，朝廷雇我作閒人。

每天到晚就是瀟灑地逛逛園林，每年到頭就是悠哉地唱歌喝酒，真是感慨啊。月薪十萬、官居二品，朝廷還雇我這個能撈就撈、能混就混的閒人。喂喂，白居易你老哥講話會不會太直接了？鬼島的祕密都被你說出來，以後大家還怎麼混下去（讀過後本魯也一時就詩興大發，寫了一句「年薪還沒破百萬，公司雇我作廢人」）。總之老白就是這樣一個鐵漢子真男人，薪水多少也不怕人家知道，洪邁《容齋隨筆》曾經稱讚他：

> 白樂天仕官從壯至老，凡俸祿多寡之數，悉載於詩，其立身廉清，家無餘積，可以蓋見矣。

這種曬月薪的炫耀或哭哭的行為，在往後得到頌讚。大概就是現在什麼「公務人

員財產申報法」或「公務人員財產來源不明罪」的由來。不過這篇介紹這些也就是搞笑一下，畢竟我們現在物價不同於唐代，而學者也注意到，中唐之後由於社會開始動盪，物價開始起伏，也面臨通膨等現象，所以這種月薪、年終什麼的，大家參考一下就好，其實社會還是很公平的（又在講幹話），不要拿來亂戰古人、現代人就好。

20 古代八卦版（1）

——有沒有古代「注音符號」的八卦？

話說前一陣子我島有位立法委員大大，提出了一項神奇的政見，主張應當廢除注音符號改用羅馬拼音，與國際接軌。我們大多知道「注音符號」系統來自於民初的教育改革，不過是近百年的事。更早的古典時期士人標音擬音，大抵用的是從《切韻》到《廣韻》的「反切」系統。即是取兩個字，上字用其聲母，下字用其韻母，切出一個字的擬音來。比方說《廣韻》書中的第一個韻部「東」，就是「德紅切」，換成我們現在就是「ㄉ」加上「ㄨㄥ」。

以上只是簡單說明，畢竟聲韻學對我來說複雜猶如亂碼，以前在學時就每每讀到冒出黑人問號臉。這種反切上下字看似還算簡單，但這背後又牽扯到不同的聲紐，什麼幫滂並明、端透定泥，還有輕唇重唇什麼鬼的，比方說同樣「幫」（ㄅ）這個聲母，

就會跑出如（ㄈ）的上字，因為古代無輕重唇音之別。

總之，這種如天書亂碼的聲韻學我們暫且先打住，忽然想到本魯大學時要去修「聲韻學」，還被其他鄉民宅宅吐槽，說你們男生也要學「身孕學」，葛格母湯喔。重點是現在的討論是注音能廢不能廢，廢了之後會不會動搖國本，破壞幾千年傳統之類的。這讓我想到六朝的那位、我們之前也稍微提過的沈約大大。沈約在齊梁時代，除了身為文壇領袖，其實也是政壇領袖。因此劉勰的《文心雕龍》才會找沈約葛格幫忙露出搏版面。當時沈約最大的貢獻（或者是引戰）就是在他提出了「四聲」之說。

沈約本傳說他「發明四聲」，可以說是沈約的憑空發明，但這個說法如果去訪問沈約，他本人恐怕也會相當震驚。事實上沈約認為，四聲之說古已有之，他只是將此進一步闡明出來：

自騷人以來，多歷年代，雖文體稍精，而此祕（聲律）未覩。至於高言妙句，音韻天成，皆闇與理合，匪由思至。張蔡曹王，曾無先覺，潘陸謝顏，去之彌遠。世之知音者，有以得之，知此言之非謬。如曰不然，請待來哲。（沈約《宋

書》）

「世之知音者，知此言之非謬。如曰不然，請待來哲。」這句看來沒啥厲害，但現在翻譯得粗俗一點，其實就是引戰宣言，就是「沒有很可以但你惹不起」。沈約是在說：你說古代TMD根本就沒四聲，我笑你不懂古人，先秦、西漢的時代他們只是沒有四聲，但他們都與四聲暗合，至於後來的作者距離越來越遠，反正我是信了，你不信不服歡迎來戰。

是說有必要那麼嗆嗎？後來果然有個陸厥找沈約開戰，問他古人那麼棒棒都沒有提出來，你憑什麼嘴？

約答曰：「宮商之聲有五，文字之別累萬，以累萬之繁，配五聲之約，高下低昂，非思力所舉。又非止若斯而已也……自古辭人，豈不知宮羽之殊、商徵之別。雖知五音之異，而其中參差變動，所昧實多，故鄙意所謂『此祕未覩』者也。」（沈約《宋書》）

由於這些古代戰文其實都像臉書回文一樣落落長，我簡單幫大家結論，沈約就是說這「四聲」古代早就有，只是沒有將「平上去入」分得那麼清楚而已。不過我們也知道，一種新的注音或聲律要推行，有人喜歡有人不喜歡，我想提出廢注音的立委大大應該頗有同感。當時另一個文論旗手鍾嶸，就反對聲律說，他在《詩品》說：

昔曹、劉殆文章之聖，陸、謝為體貳之才。銳精研思，千百年中，而不聞宮商之辨，四聲之論。或謂前達偶然不見，豈其然乎？……此重音韻之義也。與世之言宮商異矣。今既不被管弦，亦何取於聲律耶？

繼續亂翻一下，意思就是說以前都在用注音符號是百年來的傳統，沒聽過什麼羅馬拼音。羅馬拼音如果那麼好用古人怎麼沒用，啊沈約這不是來亂嗎？就如我前面說的，沈約是文壇大老，所以鍾嶸其實也沒敢當面開噴，話雖說得很微婉，但大概差不多是這個意思。

有時我覺得我們現在網路社群，似乎遍地烽火到處引戰，但古典時期的引戰力絲毫不弱如今。這次的聲律大戰，還有一個後續在沈約本傳中：

> 約撰《四聲譜》，以為在昔詞人，累千載而不悟，而獨得胸衿，窮其妙旨，自謂入神之作，武帝雅不好焉。嘗問周捨曰：「何謂四聲？」捨曰：「天子聖哲是也。」然帝竟不甚遵用約也。（《梁書・沈約傳》）

沈約發明的四聲，雖努力推行，但好像只有他跟他小夥伴在用。當時皇帝梁武帝聽說有這個新注音，於是找周捨來問。周捨這個人也是專業拍馬屁，回答皇上「天子聖哲」，就是吾皇英明的意思，但這四個字正好就是平上去入。原本還以為皇帝會龍心大悅來推廣四聲，結果大概皇帝老子覺得還要學新的輸入法實在有點麻煩，所以也懶得用。不知道各位讀到這裡，會不會有一種既視感？

當然，四聲的推行終究還是成功了，整個盛唐詩國之所以能興盛，就在於聲律的明確與規範。而直到如今若想寫近體詩者，就不能不依據平仄來譜寫。我其實經常覺得歷史有一種暴虐，有一種無情的刪改與視若不見。現在很多朋友讀者都很喜歡讀唐

詩，更對唐代詩人特別嫻熟，但唐詩並不是憑空而為唐詩的，它的盛世正來自於永明時期的聲律說，尤其是沈約發明的、穩定的四聲變化。於是乎從此詩人們必須先理解「平上去入」這幾種不同聲調，進而才有縝密的平仄譜錄，於是促成了唐代格律與近體的發展。

不過縱觀文學史的論述，沈約的詩評價並不高，他與他的永明小夥伴的貢獻，也就注定要隱藏在李白、杜甫、王維、白居易這些大詩人背後，這麼再來回望，當初引過的這些戰、爭過的公理正義，好像又顯得無比輕薄了。

21 古代八卦版（2）

——有沒有古代「做工的人」的八卦？

作家林立青以《做工的人》這本書引發風潮，進而帶起了各種話題，作者深入其內寫工地現場之日常，那種透過身體勞動、帶有抒情與感傷的實錄，可能是我輩文青再如何熟讀《資本論》，都難用剩餘價值或剝削等術語來體會的。然而批踢踢名人平偉說的好：公道價八萬一，雖不願意，但人紅難免起爭議，在這本書大賣之後，隨之也有了一些論戰——包括感動之富饒或廉價，寫實主義報導文學路線選擇，以至於工人外階級的感覺結構等書評等等。這話題原本與古文無涉，只是周遭朋友問起我古代有沒有做工的人八卦，我忽然想起這種對於勞動者之經驗越界，進而去旁觀他人之做工的苦勞與產生感動的事，古典時期還真的有人幹過。

我們前文提到過齊東昏侯曾經在宮闈內大開鬧市，Cosplay想要體貼庶民的喧囂混

亂與雜沓，基本上這樣的情境，所謂以雅扮俗而取得快感（或曰廉價的感動）者，大抵可以追溯到東漢的靈帝：

（漢靈帝）作列肆於後宮，使諸采女販賣，更相竊盜爭鬥。帝著商估服，飲宴為樂。（《後漢書・靈帝本紀》）

這次靈帝嘗試的扮裝是「經商的人」，對於高高在上、天下莫非王土的皇帝來說，扮成這種商人感受市集的雜沓，恐怕是很新鮮刺激，也同時帶來脈脈感動的新體驗。這其中隱含有逃逸於現實生活的快感。雖然「人生只有一次」是句老話，但我們終究不免對另一種秀異經驗的獵奇。這麼一來這種裝扮似乎也合理且可解。但到了南北朝這種扮裝變本加厲，成了一種變態的娛樂：

（宋少帝義符）居帝王之位，好皁隸之役，處萬乘之尊，悅廝養之事……又開瀆聚土，以象破岡埭，與左右引船唱呼，以為歡樂。（《宋書・少帝紀》）

（廢帝劉昱）於耀靈殿上養驢數十頭，所自乘馬，養於御牀側……昱每出入去來，常自稱劉統，或自號李將軍。與右衛翼輦營女子私通，每從之遊，持數千錢，供酒肉之費……凡諸鄙事，過目則能，鍛鍊金銀，裁衣作帽，莫不精絕。未嘗吹篪，執管便韻。（《宋書・後廢帝紀》）

劉義符的例子我們前面舉過，他雖然身居至尊大位，但似乎是真心喜歡當個做工的人，開運河挖泥沙什麼都幹過，還邊勞動邊和左右唱著勞動者之歌，這與喝沙沙亞椰奶摻阿比有得拚；至於宋廢帝劉昱更狂了，在皇宮大殿裡養驢養馬，自己打鐵鍛造金銀、裁衣做帽，沒學過的樂器拿來就吹……這群怪怪王侯貴族，可說是集做工的人、開船的人、養驢的人、打鐵的人為一爐（後來還有另一本《做鐵工的人》，聽說後來嵇康就讀了這本書受到啟發開始做鐵工）（我亂講的），這樣的俚俗、異常或逃逸於現實的行為，到底給他們什麼樣的感動，是獵奇還是親身有感，真的不可解不可說了。

這樣的庶民化或市井化的傾向，過去學者早有討論。有學者認為劉宋開國者劉裕

原本就出身庶族，因此貴族的這樣表現，是他們未脫市井氣質的表現。貌似流氓黑道出身，後來當了議員或立委（喂喂，有人想住海景第一排聽海哭的聲音了嗎），但仍免不了嗆聲幹架的粗鄙氣質。也有學者認為這是一種刻意的，藉著解脫、突破與扮俗反過來強化自己的階級。這些論述中我以為美國漢學家宇文所安說的最精彩：

> 在這個世界裡，界線可以被穿越。……這個時刻暗含的貴族精英文化規則是：我可以進入你的世界，但是，你不可以進入我的。這個規則不僅應用於階級之間的關係，兩性之間也是如此。（宇文所安〈下江南〉）

宇文所安所說的「兩性」，是指六朝士族喜歡模擬民間的樂府詩，且親身擬代自己成為庶民女子，糾結在他們是否欽慕自己的濛曖情感，像著名的南朝樂府〈碧玉歌〉：

> 碧玉破瓜時，郎為情顛倒。芙蓉陵霜榮，秋容故尚好。

碧玉小家女，不敢攀貴德。感郎千金意，慚無傾城色。

碧玉小家女，不敢貴德攀。感郎意氣重，遂得結金蘭。

這詩套用到今日，其實就是言情小說最愛寫的「總裁」題材。位職卑下的女孩被總裁注意到，一夕間麻雀飛上枝頭變鳳凰。相對言小的少女取向，這些擬代樂府詩多半是六朝貴族的肥宅們，幻想著某個小家碧玉的庶民美眉，就這麼愛慕上了自己，但卻又礙於禮教、階級，甚至擔心自己不夠正等等因素，因而不敢與貴族肥宅告白，簡直比妹妹文還幻想，我讀完嘴角微微上揚地科科笑了。

要論文學是否營造出足夠感染力，能帶來感動，這劉勰《文心雕龍》的〈風骨〉一篇中就曾有過相關討論。至於要論感動是否廉價，或寫作能否以感動最終旨歸，則就見仁見智。只是過去文學史論者認為南北朝這些王侯極盡享樂之能事，於是走向精神耗弱，唯有藉著這樣的扮裝扮俗，得到一絲殘餘快感，我覺得這多少也有一些大而化約的偏見。

對這些沒機會實際體驗勞動的貴族而言，做工勞動或市井氣質，帶給他們某種新

奇的歡愉與窺探。那可能就像《做工的人》一書所帶給我們這些文青某種的詩意的浪漫和謳歌。但我更覺得這些變態的王侯貴族們，展現了一種人們天生對聽故事與說故事的嚮往。太多人穩妥妥走著自己被設定好的路線，就這麼過了如此平庸而無波瀾的一生。這太殘念了太不值了。於是我們有了故事，有了小說（或電影電玩等各種新載體）。這麼一來我們可以讀他人的故事，旁觀他人的歡快或痛苦，過過乾癮，模擬一會兒他人的人生。

那麼，降生於此世而生存著，好像也就沒那麼孤獨了。

22 古代八卦版（3）

——有沒有古代「做功德人」的八卦？

之前的勞基法修法，關於我們政壇大大的各種神回應——譬如什麼年輕人主動想要加班，勞工通勤很少超過一小時等等，已經讓廣大受薪階級受不鳥森氣氣了，更別提勞資協商以及「雇主會自律」的名言。出過社會上過班的朋友鄉民都知道，好老闆是特例，慣老闆是常態，自律的雇主不是沒有，但不自律不自重的更多。比起現在慣老闆唬爛硬拗，古典時期畢竟是君主集權，雇主有更多整員工的方法。

首先是我們之前介紹過替愛妃在後宮開夜市，自己扮殺豬佬的東昏侯。要知道古代的皇帝廟號都不是隨便取的，這個「東昏侯」真的是有夠昏庸。根據本傳呢，他日夜顛倒，每天五更才睡，睡到晚餐時間才起床（跟肥宅我本人的作息有八十七分像），所以別說早朝了，每天就上朝打個卡就洗洗睡了。哪裡有災荒的奏章都要十天

半個月才會看，還被太監拿去紙包雞包油條。他最慣老闆的行為就是有一次元會要祭天祭祖，按照朝儀等齋戒禁食：

二年元會，（東昏侯）食後方出，朝賀裁竟，便還殿西序寢，自巳至申，百僚陪位，皆僵仆菜色。比起就會，怱遽而罷。（《南史・東昏侯傳》）

未料這天東昏侯他肥宅吃飽飽，才跑出來主持大會，沒多久就跑回去繼續補眠，可說是超級沒責任感。結果朝臣百官從早上八、九點罰站到晚上，禁食八小時以上不能輪休不能退朝。這讓我想起院長說的：吃飯時間就等於是在休息不算工時，難道東昏侯是神同路人嗎？上次好像有立委絕食五小時就說近乎自殘，只能說慣老闆歷代都有，令人氣噗噗。

另外一個玩更大的慣老闆是劉宋時期的宋廢帝劉子業，他「狂悖無道，誅害羣公，忌憚諸父，並聚之殿內，毆捶陵曳，無復人理」，這些諸王好歹也算貴族，每個都被他毆打霸凌。最慘的就是他一個宗室叫劉彧的：

明帝（劉彧）形體並肥壯，帝乃以籠盛稱之，以明帝尤肥，號為豬王。……嘗以木槽盛飯，內諸雜食，攪令和合，掘地為阬穽，實之以泥水。裸明帝內坑中，以槽食置前，令以口就槽中食之，用為歡笑。（《南史・宋宗室列傳》）

一般來說皇親國戚被封王都封個好聽一點的，但劉彧因為人胖被封為「豬王」也就算了，還真的被慣皇帝當豬在飼養，給他用「木槽盛飯」，混一堆ㄆㄨㄣ餵給他，然後要他脫光光Cosplay成豬，以口就槽吃飼料……等等這是不是什麼謎片情節啊？怎麼好像在ＳＯＤ的某種題材裡看過。原來ＳＯＤ不只是真的，還是從古代史書裡模擬出來的。

安安你可以說雇主已經變態成這樣了，還有比排爛班表等等更誇張的嗎？到了陳朝後主陳叔寶，還玩過更變態的，這次苦主是他的朝臣陳暄：

後主之在東宮，引為學士。及即位，遷通直散騎常侍……恒入禁中陪侍游宴，謂為狎客。暄素通脫，以俳優自居，文章諧謬，語言不節，後主甚親昵而輕侮

之。嘗倒縣於梁，臨之以刃，命使作賦，仍限以晷刻。暄援筆即成，不以為病，而傲弄轉甚。後主稍不能容，後遂摶艾為帽，加於其首，火以爇之，然及於髮，垂泣求哀，聲聞於外而弗之釋。（《南史・陳暄傳》）

話說陳暄本來跟老闆陳叔寶也是老鐵哥們、跟後主嘛吉嘛吉的，後主知道他有文名，要他「倒懸於梁，臨之以刃」，倒吊放置paly捆綁在梁上，底下弄很多刀山劍刃，後來還在底下點火滴蠟油（沒有蠟油啦）。這是不是另外一種繩縛主題啊？只能說沒有最變態，只有更變態。

跟以上這些不自律的雇主與沒節操的老闆相比，超時輪班等等好像也真的還好了。當然，古典時期不同於現代，不能這樣瞎掰亂湊硬比附。而要舉古人超時輪班違反勞基法的例證，大概就是以前我們中學都讀過的神文〈左忠毅公軼事〉：

崇禎末，流賊張獻忠出沒蘄、黃、潛、桐間，史公（可法）以鳳廬道奉檄守禦，每有警，輒數月不就寢，使將士更休，而自坐幄幕外，擇健卒十人，令二人

> 蹲踞，而背倚之，漏鼓移，則番代。每寒夜起立，振衣裳，甲上冰霜迸落，鏗然有聲。或勸以少休，公曰：「吾上恐負朝廷，下恐愧吾師也。」

這一段前面還有關於左光抖M、不，我是說光斗受炮烙之刑後，面目全非，焦頭爛額，左腳以下只剩骨頭等等的描寫，猶如電影《奪魂鋸》，讓每一代高中生看到嚇得吃手手。因此呢我們的史公從此就抱持著對老師的愛、尊敬與懷念，努力扮演好自己的角色。當流寇張獻忠叛亂，史公曾經輪班數個月沒有打卡下班過，如果要稍微休息，就是找兩個類似館長那麼壯的兵卒，強迫人家深蹲下去撿肥皂，不，我是說深蹲練核心肌群，順便讓史公稍事休息。大家後來都看不下去，想說他這樣睡眠不足要是ㄎㄧㄤ掉怎麼辦，但史可法回說他怕上對不起朝廷，下對不起光斗吾師。讀到這裡我只能說實在頗有基情，可說是光斗在下可法在上，霸道老師之光斗不讓你睡（我在說什麼）。

說了一堆幹話，重點還是時移事易，今日之社會時局，自得有一套適合勞動者的準則與規範。我偶爾也擔心師友會不會當真覺得我這些文章，是在以古律今，比附不

倫，但古文的普及與介紹原本就不是為了明朝的劍斬清朝的官。有些軼事如今想來發噱，足以為笑樂，但更重要的是過去人們造就了些既成的謬錯，耗費了千百年來到這個現代性的當前，我們將之予以修正。而當前未及改正的錯誤，日後恐怕也會被銘記在歷史洪流之中。我想這大概是青史之為鑑戒最怵目也最警醒的意義所在吧。

月薪一萬六，
還能存點錢
月薪四五萬，
準備領月退
月薪十萬
能混就混
聖旨
明天不用
來上班了。

第四輯

肥宅文青不夠看，古代三寶出來亂

23 感恩師父，讚嘆師父

——古代Seafood比讚比愛心

前陣子有幾樁特別的新聞，諸如南韓的總統醜聞、Seafood的紫衣神教，以及我島的婚姻平權，背後都有宗教勢力的滲沁。不同宗教自有不同主場，教派也難免有異己之辨，即便我們都知道尊重包容，但事實是歷史上因宗教而迭掀的戰爭、殺伐與動盪從來沒少過。

這實在也很無奈。「歷史」並非允執其中的客觀物，而是人類文明不斷積累的結果，有如今難以理解的價值，也有變動不居的信念。既然歷史有著多元的成因、有其積漸的階段，因此歷史課本裡螢光筆勾勾斷斷劃過的重點上，就是會出現「邪教」、「異端」這樣的概念——諸如羅馬時代的基督教，或唐武宗時的會昌排佛法難。

即便每個宗教都有崇高教義和虔誠信眾，但若過度迷信難免招來禍亂。之前講

《洛陽伽藍記》時，介紹到當時北魏貴族捨財貨以造浮屠的癡狂就可見一斑。富貴榮華是此生的享樂，而佛教輪迴觀又是來生的福報，六朝貴族追求的正是二者得兼的果報。

在古代宗教初次引發大規模紛亂、應當是漢末的太平道。太平道起源於漢順帝時，某個不知道是哪個宮廟的8＋9自稱在河邊得到《太平清領道》這本道教神書，開始以符籙道術替人治病。爾後鄉民都很熟的張角大大承繼此書，智力立刻＋8，以軍隊化管理信眾。神武在手，＋8在吼，大七巴庫，天下我有，這就是三國粉再熟悉不過的「黃巾之亂」。沒有很可以，只怕亂不起。就太平道信眾這麼一攪和，從此大漢江山陷入群雄割據的亂世。

另外一個和我研究領域頗有關係，也每每讓我哀傷謂歎的朝代，就是南朝梁武帝。佛教徒都知道梁武帝有一部《梁皇寶懺》傳世，從佛教傳播與推廣的角度，梁武帝當然有其貢獻，但以國家領袖來說，這樣過度迷信的行為，讓梁朝從此走向衰敗的命運。

若對梁武帝稍有理解就知道他曾經出家當和尚。其實武帝年輕時就信佛，他的國師釋寶誌在武帝即位不久就曾有過讖語。武帝問我大梁國勢如何？國師先指喉嚨，

再指脖子。當時無人解得其意。直到「侯景之亂」爆發，才知道這「上喉（侯）下頸（景）」是個預言，和神僧有八十七分像，不要問我釋寶誌是不是穿著紫色衣服上面寫個什麼禪的。

到了普通八年（五二七），梁武帝的家廟同泰寺落成，於是他在都城北面開「大通門」，正對同泰寺的南門。「普通」這年號表示武帝只是對佛教稍有體會，到了「大通」他才真正通曉佛理，皇宮與寺院兩個世界從此得以打通。同一年三月他就「輿駕幸同泰寺捨身」，回來後把年號改為「大通元年」。

但是這次出家似乎只是意思一下，還沒有到老番癲的程度。真正開始出家當和尚上癮是中大通元年（五二九）那一次：

（中大通元年）秋九月，朱雀航華表災。癸巳，幸同泰寺，設四部無遮大會。上釋御服，披法衣，行清淨大捨，以便省為房，素床瓦器，乘小車，私人執役。甲午，升講堂法坐，為四部大眾開《涅槃經》題。癸卯，群臣錢一億萬奉贖皇帝菩薩大捨，僧眾默許。（《南史・武帝本紀》）

由於災異，武帝又跑去同泰寺，自己辦了個四部無遮法會。所謂「四部」指僧侶、尼姑和善男善女。鄉民喜歡說「我褲子都脫了你給我看這個」，但梁武帝大大則是龍袍都脫了換上法衣，這還不出家之意堅決？我們現在可能覺得沒什麼，咱們的總統想進看守所去關或上佛光山當尼姑，都隨便她去，請立法院擇日辦公聽會、搞「總統出家，全民決定」的公投就好了。但古早時代天下不可一日無君，於是群臣眼看梁武帝講經講不完了，終於受不鳥，趕快籌妥一億萬（這到底有幾個零啦），將梁武帝給贖身，不，我說將菩薩皇帝請回來主持朝政。

這件事除了荒唐之外，也可見當時宗教團體早有與國家相抗衡的信眾與財力。其後梁武帝還幾次捨身出家，群臣再耗費公帑將之贖回。可以想像重複數次之後，對於國家財政是何其巨大的負債。且不說資金缺口，梁武帝的泰半心思都放在鑽研佛典、講經與大辦法會等事，朝政荒弛這是理所當然的事，從此大梁王朝由盛轉衰，終於爆發「侯景之亂」，一蹶不振。

學者有說梁武帝之所以迷信佛教，是因他享盡了此世的榮華，從而追求來世的福報；也有說他因篤信佛教而戒女色、斷酒肉，造就他長壽的原因。但亂軍攻陷都城

後，八十六歲的梁武帝被軟禁於內宮。因長年茹素口苦向叛軍討索蜂蜜而不許，最後給活活餓死不得善終。這到底是信仰的福報，還是迷信的惡報？不可解不可說了。

南朝風骨、金陵殘夢，就此毀於一燼，歷史繼續循環，一切的迷信與滅絕似乎只能重複再重複，至今猶然。因此我向來是自由派，無論對宗教、對法制或對各種社會議題。即便虔誠而堅定的信仰值得欽佩，但有時難免走向執拗冥頑的反身，逃脫不得，就像歷史裡那些反諷、荒謬與難以解釋的截面。

24 嗆我嗆夠了沒？

——古代肥宅上線

先說這篇純屬介紹，理性勿戰。鄉民以前喜歡以魯蛇、本魯或蛇蛇自稱，現在眼界遂廣、境界更高，無論自介自表、反串酸人，起手式就是「本肥宅」。認真說起來體重或許與飲食、生活習慣以及家族遺傳和自我健康管理有關，嘲笑人家的體重難免有涉歧視，可不是現代社會得以容受的行為。

不過在糧食貧瘠、物資匱乏的古典時期，通常記載一個名人的肥胖，往往與其特殊的劣行有關。像之後我們會介紹炫富出名的石崇、王愷，每日珠玉美饌海味山珍，卻也未見關於其體重的記載，於是乎這些古文裡著名的胖子肥宅，往往與其品行道德有所互涉。

首先第一個在史傳中被歧視、被嘲笑的肥宅肯定是董卓無誤。有玩過什麼光榮三

國志到三國無雙的鄉民都知道，董卓向來是以胖子的形象流傳，而傳說董卓死後肚子裡脂肪被當油燒，燒了整整三天三夜。這件事雖然聽起來有點獵奇，感覺是電影《奪魂鋸》的橋段，但基本上於史有據，出自《後漢書・董卓列傳》：

（李）肅以戟刺之，卓衷甲不入，傷臂墯車，顧大呼曰：「呂布何在？」布曰：「有詔討賊臣。」卓大罵曰：「庸狗敢如是邪！」布應聲持矛刺卓，趣兵斬之。主簿田儀及卓倉頭前赴其尸，布又殺之。馳齎赦書，以令宮陛內外。士卒皆稱萬歲，百姓歌舞於道。長安中士女賣其珠玉衣裝市酒肉相慶者，填滿街肆。使皇甫嵩攻卓弟旻於郿塢，殺其母妻男女，盡滅其族，乃尸卓於市。天時始熱，卓素充肥，脂流於地。守尸吏然火置卓臍中，光明達曙，如是積日。諸袁門生又聚董氏之尸，焚灰揚之於路。

這是寫董卓被亂軍攻陷，首先李肅用戟刺董卓，沒想到被肥油擋住（才不是，我講幹話而已）（蔣幹：現在還沒輪到我登場好嗎？）其實是被鎧甲擋住，沒傷到要害損血不夠多，只從車上滾下來，董卓大呼呂布來護駕。沒想到咱們小布布早就叛變在先了，拿著詔書說來討乏逆賊，董卓罵了一句很現代的髒話：「庸狗敢如是邪！」老子養的狗竟然敢背叛我，然後他就死掉了。接下來皇甫嵩攻陷郿塢，董卓一族被滿門抄斬，由於董卓暴政百姓積怨已久，於是整個長安城都歡欣鼓舞。

肥宅董卓的下場是曝屍荒野，脂肪流了滿地，看守屍體的官兵還惡搞屍體，在其肚臍上燃火，一時大作光明燒了幾天。這脂肪會不會太多？關於此事，東坡曾有〈郿塢〉詩嘲諷：「衣中甲厚行何懼，塢裡金多退足憑。畢竟英雄誰得似？臍脂自照不須燈。」最後兩句是說哪有英雄像董卓這樣，肚臍的油就可以照亮自己、晚上出門連燈都不用點。哇咧這不是高級酸文什麼是高級酸文？縱觀如今批踢踢，也沒有嗆肥宅嗆那麼兇的。

不過就《後漢書》的記載，只能判斷董卓或許是肥宅始宗，但看不出來他到底是重達幾公斤。另外一個同樣因道德瑕疵，而史有名載的勝利組肥宅，就是唐代那次有名叛亂「安史之亂」的始作俑者安祿山，根據《舊唐書・安祿山傳》：

（祿山）晚年益肥壯，腹垂過膝，重三百三十斤，每行以肩膊左右抬挽其身，方能移步。至玄宗前，作胡旋舞，疾如風焉。為置第宇，窮極壯麗，以金銀為笋筐笊籬等。

祿山肚大，每著衣帶，三四人助之，兩人抬起肚，（李）豬兒以頭戴之，始取裙褲帶及繫腰帶。玄宗寵祿山，賜華清宮湯浴，皆許豬兒等入助解著衣服。

說起來，劉昫《舊唐書》寫這兩段實在也有點機，連人家安祿山重達「三百三十斤」都給人家寫出來，肚子垂過膝蓋，每次走路時要左右抬著他走，繫腰帶要兩個人將肚子抬起來……最狂的就是一個三百三十斤的人跳胡旋舞，舞姿還非常精彩……旋轉跳躍我閉著眼（玄宗：不能只有我看到）（這畫面太美我不敢看）。我猜若唐代有狂新聞，安祿山大大早就上榜了。

扯的是唐玄宗還因此很寵幸他，還曾經賜浴「華清宮湯浴」，哇哩咧怎麼看都覺得有點不蘇胡。等等仔細想一下，當時不是有個網美楊貴妃，也曾經「春寒御賜華清池，溫泉水滑洗凝脂，侍兒扶起嬌無力，始是新承恩澤時」（白居易〈長恨歌〉）。可見唐玄宗喜歡賞賜人家泡湯，且無分男女，算是當時高級享受。

雖然介紹了這兩位古代著名肥宅被描寫，或說被抹黑醜化的實錄，如今讀來可能會覺得有些突梯可笑，但認真說起來，在古典時期，史臣記事之本末，多少有出於道德主義的批判，於是乎原本只專屬於個人身體的外表、體態或胖瘦，都成了國家大義、政治是非的體驗徵狀。

換言之，明君賢臣往往有一套標準描敘的模式，坐對青蒲，光風霽月，憂國憂民，且飲食克制，體貌閒麗；相對來說昏君庸臣就可能就是另外一種型態。像董卓、安祿山這樣具代表性的亂臣賊子，其體型之憨肥，成了其享樂縱慾的具象化象徵，而因肥壯衍生的各種難堪、羞恥與殘忍終局，也就成了他們無由迴避的罪愆。

這在今日或許是一種外貌攻擊與霸凌，但在那個前近代，一切好像都理所當然。所以有時鄉民極盡揶揄酸訕之事，去嘲笑某個政治人物的體型云云，我雖覺得此歧視與霸凌頗為不妥，但又覺得這般惡意之傳統或許由來已久、根柢已固似的。

25 土豪哥出來面對

——古代土豪來亂

話說之前W飯店驚傳出傳播小模陪富豪嗑藥過頭的命案，讓吾輩蛇蛇們見識到原來有錢人真的玩很大，且真的想得和我們都不一樣。雖然鄉民其後的焦點放在土豪哥的8XL大內褲到底有多大，以及試以浴缸水的容積求土豪哥的體重等等問題，但說起古代土豪哥的各種荒淫劣行，那可是一點都不下於今日。

其實從上古時代人類開始建立社會及階級制度，於是乎有了魯蛇與溫拿的分別，有了富二代三代的人生勝利組。古典時期豪奢炫富的士族那是幾難勝數，而講到土豪裝逼出名的，大概會說到西晉的士族石崇以及陪他一起炫富的小夥伴們。

說起石崇最著名的炫富事蹟大概就是他和王愷兩個耍白目搞破壞的老屁孩行徑，《世說新語》有一類「侈汰」，專門收集此種土豪鋪張浪費的北爛事蹟，其中十則裡面有七、八則都跟石崇有關：

> 石崇與王愷爭豪，並窮綺麗，以飾輿服。武帝，愷之甥也，每助愷。嘗以一珊瑚樹，高二尺許賜愷。枝柯扶疏，世罕其比。愷以示崇。崇視訖，以鐵如意擊之，應手而碎。愷既惋惜，又以為疾己之寶，聲色甚厲。崇曰：「不足恨，今還卿。」乃命左右悉取珊瑚樹，有三尺四尺，條幹絕世，光彩溢目者六七枚，如愷許比甚眾。愷惘然自失。（《世說新語‧侈汰》）

這個王愷貌似不算是什麼咖，但人家外甥可是西晉武帝司馬炎，所以知道他和石崇在比時裝秀跑車秀，常常暗助他一把。這一方面是說西晉的奢靡風氣，從皇帝到士族都參與其中，就像誰有三百萬美金都可以參加慈善撲克王大賽。但另一方面也是說石崇之富可敵國真不是蓋的，就算皇帝出馬都不一定打得過土豪。

故事起源於晉武帝賜王愷一株超珍貴的珊瑚樹，有兩尺那麼高。王愷馬上就小夫上身，跑去找大雄和胖虎說「科科，你們一定沒看過這麼牛逼的珊瑚樹。」石崇看

了一眼就給它砸爛掉，王愷立馬崩潰了，試求他的心裡陰暗面積。如果是拍電影《賭神》，這時候王愷就會問「要不要叫大軍」了。石崇說「拎北賠給你」，叫僕人搬來自家珍藏珊瑚樹，隨便一株都三四尺，只差沒有六尺四，最後結果就是王愷悵然若失，炫富不成還慘遭打臉，只得回家洗洗睡。

社會學有個理論稱為「炫耀性消費」，若消費或浪費只出於炫耀性，那麼最高級的炫耀就是將奢侈品破壞或燒毀（怎麼聽到美僵的聲音？）君不見明星富二代動輒把千萬跑車給撞爛玩壞，差不多就是這個意思。除此之外，西晉土豪石崇家也曾找傳播妹陪玩陪搖的大排場，如以下這則：

石崇廁，常有十餘婢侍列，皆麗服藻飾。置甲煎粉、沈香汁之屬，無不畢備。又與新衣箸令出，客多羞不能如廁。王大將軍往，脫故衣，箸新衣，神色傲然。群婢相謂曰：「此客必能作賊。」（《世說新語・侈汰》）

人家去飯店陪唱不稀奇，如廁還有十幾個婢女美眉服侍，備好新衣和化妝品，上完廁所還附帶試衣換裝的服務，簡直比優衣庫還狂。搞到一般賓客都不好意思去洗手間，只有王敦大將軍很習慣讓人家服侍，結果被偷罵了一發。

其實〈侈汰〉篇不僅是批判石崇的炫富，也在臧否當時士人的品行優劣，於是這裡神色自若的王敦，再下一則又被表了一次。〈侈汰〉裡最殘忍的一則，大概就是石崇找美眉侍宴，結果把正妹玩到掛掉的事蹟：

> 石崇每要客燕集，常令美人行酒。客飲酒不盡者，使黃門交斬美人。王丞相與大將軍嘗共詣崇。丞相素不能飲，輒自勉彊，至於沈醉。每至大將軍，固不飲，以觀其變。已斬三人，顏色如故，尚不肯飲。丞相讓之，大將軍曰：「自殺伊家人，何預卿事！」

這個故事簡單說就是石崇要家裡女僕斟酒，若賓客沒法「呼乾啦」，倒酒的正妹就要被拖出去斬了。這也算一種炫耀性消費，要證明自家正妹女僕不怕你不玩，只怕死不完。根本就和去五星級飯店找小模陪搖、結果害人家掛掉有八十七分像（記者：

「一條人命你知不知道啊？」）此段表現了石崇的殘忍，但事實上石崇也有深情的一面，他與為其殉身的歌妓綠珠之愛情故事，在唐詩中廣被歌頌，不過這又是另一個故事了。

這段引文的「王丞相」指的是王導，由於他宅心仁厚，雖然酒量差仍勉強自己呼乾啦，但殘忍的王敦則故意不飲酒，等著看石崇家表演正妹斬首秀。只能說沒有最變態只有更變態。斬到妹妹三號時，王導開始幹譙王敦。但王敦說了「何預卿事」，直翻就是他殺自家員工關你什麼屁事。要是依現代律法，石崇就是現行犯，應該可以將之預防性羈押了。

我們現在可能很難想像在那個古典時期，封建的階級體制是如何運作，然而豪奢人家蓄奴養妓、不把僕婢當人看的野蠻與歧視，其實至今猶然。每每讀到這些文獻，我總覺得我們距離那些特權炫富、藐視人權，充滿歧視、暴虐與殘忍的年代，並不是太遠。但至少我們仍然在進步，在前進。就算速度緩慢，終究向前了一些，為人類文明積累貢獻了棉薄之力。

26 老鐵沒毛病吧？刷個飛機吧？

——古代網美參見

在前作《讀古文撞到鄉民》中，我曾經介紹過李商隱有一系列仇女的詠史詩歌，對於齊梁的妖后淫妃多有貶謫，其實戰男女向來是酸民熱衷熱戰的哏，雖然我對母豬教云云也不是很能苟同，但說起古典時期誇張的后妃淫行，確實仍然不少記載。

不過說起齊梁行為最誇張的后妃，大概要數大梁的末代皇帝梁元帝蕭繹的皇后徐昭佩。有句成語「徐娘半老」我們如今還常用，多半用在形容謎片裡那些五十路系列的主題片（喂喂我在說什麼），而鼎鼎有名的徐娘即是徐昭佩。而梁元帝和她的關係實在有夠差，按照本傳是這樣：

> 元帝徐妃諱昭佩，東海郯人也。……無容質，不見禮，帝三二年一入房。妃

以帝眇一目，每知帝將至，必為半面妝以俟，帝見則大怒而出。妃性嗜酒，多洪醉，帝還房，必吐衣中。與荊州後堂瑤光寺智遠道人私通。酷妒忌，見無寵之妾，便交杯接坐。纔覺有娠者，即手加刀刃。（《南史・后妃列傳》）

從「無容質」大概可以確定徐娘跟網美是無緣了，但她卻發明了當今網美卸妝神技，也就是傳說中的「半面妝」。說起來我對於今日網美何以要直播半邊臉上妝的過程，依舊大惑不解。到底是要呈顯自己妝法神乎其技、化腐朽為神奇？還是要展現素顏妝成前後的相去幾希呢？

但根據上述《南史》本傳，這對夫妻感情向來有夠差，蕭繹兩三年才想到要去給她臨幸一次，但徐娘也是超機車，因為蕭繹天生有一隻眼睛失去視力，所以徐娘就發明了半邊臉上妝的神招，來酸蕭繹的眼疾，每次的結果就是皇帝怒怒哭哭地跑走了。但我真的不懂既然如此，蕭繹為何兩三年還想到要去自取其辱一次，這大概就是所謂的相愛相殺吧。

另外徐妃還有各種劣行，簡直可上狂新聞，包括經常喝到茫吐在皇帝龍袍上；由於蕭繹即帝位前曾任多年的荊州刺史，所以徐娘趁機與荊州瑤光寺的智遠上人私通。話說這位上人竟然連皇帝的女人都敢碰，難道是迫不及待要去見佛祖了嗎？雖然對蕭繹看起來沒有愛，但徐娘依舊是個善妒的女人，只要不受寵的宮女，她就跟人家變成閨蜜，而只要發現哪個娘娘懷孕了，她就直接下毒手。總之就是各種難以想像的婦人劣行似乎都集於徐娘一身，而最著名的即是「徐娘半老，風韻猶存」的原典出處：

> 帝左右暨季江有姿容，又與淫通。季江每歎曰：「柏直狗雖老猶能獵，蕭溧陽馬雖老猶駿，徐娘雖老猶尚多情。」時有賀徽者美色，妃要之於普賢尼寺，書白角枕為詩相贈答。……太清三年，遂逼令自殺。妃知不免，乃透井死。帝以屍還徐氏，謂之出妻。（《南史．后妃列傳》）

當時蕭繹左右有個叫季江的小鮮肉，也與徐娘有一腿，一般來說皇后的貞操不容質疑，但小鮮肉玩都玩了還到處講幹話，說什麼「柏直家的狗老了還能打獵，蕭溧陽家的馬老了還是匹駿馬，而徐娘雖然是熟女一枚但還是很耐斯很耐玩」。我實在不知

道他這樣是在公啥小。我彷彿還能看到綠綠的梁元帝，就站在季江後面非常火，真想點一首那個「期待著一個幸運和一個衝擊／多麼奇妙的際遇」（〈綠光〉）給他了。最後徐娘終究被賜死，而蕭繹將之屍首送回娘家，「謂之出妻」，這個追求性自主與性解放的傳奇女子，在那個父權的時代終究得不到較好的下場。在大梁終於滅亡了的很多年之後，李商隱寫了一首題目為〈南朝〉的詩：

天險悠悠地險長，金陵王氣映瑤光。休說此地分天下，僅得徐娘半面妝。

過去從秦始皇時代開始，就有輿地學認為金陵此地有王者之氣，當出天子，有所謂「紫蓋黃旗（指皇帝車駕），運在東南」的說法。而歷代好幾個朝代都考量金陵的龍蟠虎踞、長江天險，而定都於金陵，但事實上定都在江南的王朝——南朝、南宋、南明，還有那個風雨飄搖欲說還休的我大中華民國之淪陷區，國祚都乍暫而倉促。「瑤光」是北斗七星的最後一顆星，但這句詩明喻說的是王氣與星辰天地感應，暗喻卻是徐娘與和尚情郎在瑤光寺外遇的醜事。

所以李商隱詩的結論是，別再說什麼金陵王氣足以二分天下了，最後梁元帝蕭繹得到的只有徐娘的半面妝。若更進一步分析這首隱喻豐饒的詩，就發現李商隱當真是個酸民中的酸民。他真正要酸的是：作為一個男人，蕭繹管不住他的半個女人；作為一個皇帝，蕭繹也管不好他的半壁江山。田曉菲說隨著金陵王氣的黯淡，「被北方所征服的江南，遂在詩中被女性化」，一如徐娘類似的下場。

所以我一直很喜歡和同學介紹這些關於南朝的詩歌，在那些爾後的朝代，詩人騷客總會在那些國族認同與國家寓言中，發現南朝的身影。那豐腴纍纍之文明轉瞬之間灰飛煙滅的感傷情事。直到今日我島的命運與未來，依舊陷入這樣陰柔與陽剛、男女主體的投射代換之中。將來的史家將如何看待我們這偏安如累卵的小時代。是欲言又止或是欲說還休，一切都不可解、不可說了。

27 恐怖到了極點喔

——古代鬼怪出沒

中國人怕鬼，西洋人也怕鬼，恐怖到了極點喔。好的，司馬伯伯您夠了，每年到了農曆七月鬼門開的普渡時節，我們都敬畏地參拜好兄弟，這其實也是從古至今由來已久的傳統。說起中國古代的鬼故事，大家首先必定想起《聊齋誌異》和《閱微草堂筆記》兩部小說。事實上「志怪」起源甚早，而六朝時志怪盛行，文學集團甚至群策群力編纂志怪，一方面宣揚佛道教的徵驗與果報，所以許多志怪書名如《宣驗記》、《幽明錄》這一類；二方面士人也以志怪作為日常談資，所謂「談資」就是講八卦，因此志怪扮演了古代八卦版的功能，每天發廢文問卦以為消遣。

若各位常常看靈異虐殺的B級片，就知道雖然東西方人都怕鬼，但靈異恐怖片有著基本的差異。西洋鬼片除了降靈附身大法師那樣拗折軀體嚇人之外，通常是隨機攔路的殺人魔這種，壯碩無比的大塊頭大胖呆，戴著面具拿起電鋸，手起刀落手起刀落一眼都沒眨過這樣。至於亞洲人由於重音不一樣（吳益凡4ni？），怕的鬼也不一樣，比起厲鬼惡鬼殺人鬼，我們更怕心底埋藏的怨與業。而這等怨孽多半肇因於活人作祟，所謂人比鬼更恐怖。因此像「愛聽孤墳鬼唱詩」的蒲松齡筆下的鬼，難免比人還來得良善可愛。

而反過來說，關於人比鬼怪異類來得更醜惡的形容，從六朝志怪開始即所在多有。其中最著名大概就是〈定伯賣鬼〉這則出自《搜神記》的故事：

> 南陽宗定伯夜行，忽逢一鬼，鬼問伯為誰。伯欺之曰：我亦鬼也。遂為侶，向宛行倦，因相擔。問鬼曰：鬼何畏。曰：鬼唯不喜唾耳，欲至宛，便擔鬼著頭上，詣宛市，鬼化為羊，伯恐其變，遂唾之，因賣得錢千五百，買者將還繫之，明旦見繩在。時人語曰：宗定伯賣鬼，得錢千五百。

今天要跟大家講一個定伯夜路走多了遇到鬼的故事，鬼先問定伯尼4誰？定伯講

幹話唬他「偶94鬼」，接著兩個人一起並肩而行，在那樣月黑風高的黯淡夜晚，只見他倆揹起了對方，只有滿天的星光見證了這一段感情……等等我現在是敏鋯嗎？言歸正傳，鬼告訴定伯他的弱點就是怕被呸口水，於是定伯將計就計制服了鬼，就將這隻鬼幻化成的羊咩咩賣了一千五百錢，也算是無本生意現賺一千五了。

像〈定伯賣鬼〉這樣的故事就是典型的六朝志怪，透過見聞錄異的筆記體，沒有太多哀婉情事的書寫，也沒有更多的情節轉折，只能說是小說發展的濫觴。前作介紹過的〈劉晨阮肇〉，雖然骨肉稍微豐潤，但仍與今日文類界定的「小說」相去甚遠。

剛剛的故事和羊咩咩有關，再來就跟正咩咩有關了。話說鬼故事除了邪魅作祟的，另外一個重要母題即是人鬼殊途卻偏偏要戀愛的故事，像蝦米木瓜之城是為代表作。而這種人與吸血鬼異類相戀的故事通常還會加入獵奇情節，譬如劈棺發墓、死而復生等等。古典文學裡著名的「梁山泊與祝英台」、「牡丹亭還魂記」可作為代表，而這些著名的作品，可能可以追溯至《列異記》裡一則關於談生的故事：

談生者，年四十，無婦，常感激讀書。夜半有女子，可年十五六，姿顏服飾。

天下無雙，來就生為夫婦。乃言。我與人不同，勿以火照我也。三年之後，方可照。為夫妻，生一兒，已二歲。不能忍，夜伺其寢後，盜照視之。其腰已上生肉如人。腰下但有枯骨。婦覺，遂言曰。君負我，我垂生矣，何不能忍一歲而竟相照也。生辭謝。

這位談生可以說是老宅男魔法師，四十歲還單身沒交過女友，要在現代就八卦版人氣＋1了。但他書讀到ㄎㄧㄤ掉沉迷於2D世界，相信書中自有顏如玉。誰料半夜真的跑出來一個才十五、六歲的蘿莉妹紙，且「姿顏服飾，天下無雙」，跪求談生娶她。所謂好心有好報，初音我老婆，惟獨妹紙要談生答應他三年不可以燭火相照，但談生撐了兩年終於受不鳥，於是拿出了行房記錄器，不，我是說拿出手機來偷拍，不照不知道一照嚇一跳，蘿莉正咩下半身竟然還是枯骨（請問他們倆的兒子怎麼生的？）（不要問很恐怖），根本陰屍路情節，我猜他們勇氣是梁靜茹給的，總之妹紙魔法陣還沒畫好被拍到而復活失敗，只好辭別談生。

這故事還有後半段，話說臨別前蘿莉妹因擔心談生養不起兒子，於是留給他珠袍

讓他去變賣，沒想到一賣到市集就被睢陽王的手下抓了，因為發現這珠袍是睢陽王女兒的殉葬品，這時談生趕忙據實以告：

（談）生具以實對，王猶不信。乃視女冢，冢完如故。發視之，果棺蓋下得衣裾。呼其兒，正類王女，王乃信之。即召談生，復賜遺衣。以為主壻。表其兒以為侍中。（《列異記》）

除了衣裙吻合之外，談生兒子長得也像睢陽王女，於是也不用再DNA了，談生與睢陽王女兒（的幽魂）正式舉行冥婚。話說我忽然發現繼之前寫過的古代同婚之後，這其實算是古代第一樁法律認證的冥婚，讀完後不知道各位宅宅是否有點心動？但還是奉勸大家，鬼月到來時路邊紅包別亂撿。

確實，人生於世，太多險惡兇殘、心機算計的鳥人鳥事，魑魅搏人應見慣，比較起來鬼真的有時比人類來得友善真誠多了。我們如今稱鬼怪為「好兄弟」，多少也有些志怪筆記的殘餘。這幾年厭世風當道，我想就是因為要在這東塗西抹、人何寥落鬼何多的人間陰屍路，繼續苟延殘喘下去，或許才是最艱難也最恐怖的一件事。

28 讀古文撞到貓奴

——古代貓貓現身

印象中之前看過高人氣小編分享自己管理粉專的經驗。據小編說就算再怎麼沒營養的農場文業配文，只要圖片和嬰兒、動物，尤其是貓咪有關，分享觸及數就必定會衝高。確實，就算書市怎麼蕭條，出版業再如何冰風暴，還是能有幾本與貓有關的神書，逆風高飛，躍上暢銷排行榜。

先說本蛇蛇沒有要用貓騙點閱率流量的意圖，但比起經常來亂、一言不合就攻擊我的黃頭黑嘴狗，我應該勉強能算是Cat Person無誤。遇到貓貓我還是難免講話說疊字裝可愛，明明肥宅一枚卻忍不住講話用假音，這畫面太美連我自己都不敢看。

說起古文裡記載與貓咪相關文獻，大致上可以追溯到《詩經‧韓奕》：「有熊有羆，有貓有虎。」不過顯然在那個時代貓貓被當成熊或羆之類的生猛野獸來看待。

《莊子・秋水》說「騏驥驊騮，一日而馳千里，捕鼠不如狸狌」的譬喻，和千里神駒相比，若要抓老鼠還是得靠貓貓；到了《禮記》則記載：「古之君子使之必報之，迎貓，為其食田鼠也。」迎貓變成了很專業的儀式，據說還能分成用魚或用鹽裹之類的專業流程。

到了宋代之後，養貓逐漸成為常態，除了補鼠這樣的功能性，也有文人已經開始將之當作寵物對待。當時有個稱喵的流行語「貍奴」，照字面翻譯就是「貓奴」，不過和我們現在貓主人用以自稱還是不太一樣，「貍奴」應該是以貍為奴的意思。其實除了貍奴，古文中還曾給貓取了各種可愛的名字，根據清代愛貓人士黃漢編撰的毛孩類書《貓苑》裡，有這樣的記載：

> 貓名烏圓，又名狸奴，又美其名曰玉面狸，曰銜蟬，又優其名田鼠將，嬌其名曰雪姑、曰女奴，奇其名曰白老，《稽神錄》曰昆崙妲己。……以烏圓為貓，相沿久矣，考王忘菴題畫貓詩曰「烏圓炯炯」。

因為貓的虎斑毛色，圓滾滾的眼珠，以及猶如女性般的柔媚行動，歷代於是取了類似「烏圓」、「妲己」、「女奴」或「田鼠將」等等暱稱。我看坊間的網路農場文，也都提到宋代幾個著名的愛貓人。黃庭堅和陸游大概是最有名的。黃庭堅是蘇東坡的門生，蘇門四學士之一，後來頗負盛名的江西詩派就是由他所領導。當時江西結社流傳的什麼「奪胎換骨」、「點鐵成金」等等技術，據說到現在還有人在用，抄襲致敬傻傻分不清楚之類的。不過那些獅潭（詩壇）的傳說又是另外一個故事了。

其實黃庭堅雖然有一首〈乞貓〉詩，不過好像是拜託人家送喵喵給他，讓他回家抓老鼠專用，其實也不是真‧愛喵人，還是把貓咪當成工具發揮其功能性：

秋來鼠輩欺貓死，窺瓮翻盤攪夜眠。聞道狸奴將數子，買魚穿柳聘銜蟬。

因為秋天到了鼠輩橫行，又聽過隔壁母貓生了好幾隻小貓，於是買魚來聘貓以捕鼠，這基本上是延續《禮記》的古法，後來養貓有成，老鼠老虎傻傻分得清楚全部都抓光了，黃庭堅又寫了一首讚嘆喵喵：

> 養得狸奴立戰功，將軍細柳有家風。一簞未厭魚餐薄，四壁當令鼠穴空。

意思是說自己雖養了貓奴一隻，卻沒餵牠吃太多好魚好料，但牠就能立下猶如漢代名將細柳將軍一樣的威猛戰功，四壁的老鼠都給牠給嚇鼠了，真的很乖很好很棒棒。

至於說起宋代愛貓貓第一詩人，應該還是咱們的愛國詩人陸游了。不過我倒覺得不是因為陸游特別愛貓，而是他特別愛寫詩。之前我們提到過因為文獻亡佚，六朝以前的詩歌是「十九不存」，只剩下百分之十，相對來說，唐宋詩歌雖然也有亡佚，但比例沒那麼高。就現存還得見的作品來考察，陸游存詩大約七千多首，比李白、杜甫都還都多上好幾倍，所以他的各種體類與題材的詩都得以被保存下來，這樣解釋比較說得通。他有幾首提到貓貓的詩，先來看一首五律〈贈貓〉：

> 鹽裹聘狸奴，常看戲座隅。時時醉薄荷，夜夜占氍毹。鼠穴功方列，魚餐賞豈無。仍當立名字，喚作小於菟。

之前網路就有流傳過一群野貓跑去嗑貓薄荷，集體醉倒ㄎㄧㄤ掉的照片，然後陸游這隻喵喵還整晚佔著毛毯不放。於是詩人決定給小貓取個名字，叫牠「小於菟」。「於菟」是楚人對老虎的別稱，根據《左傳‧宣公四年》：「楚人謂乳穀，謂虎於菟。」陸游將聘來的新喵喵取名「小老虎」，真的是萌翻了我等。陸游還有另一首七律〈鼠屢敗吾書偶得狸奴捕殺無虛日群鼠幾空為賦此詩〉：

服役無人自炷香，狸奴乃肯伴禪房。晝眠共藉床敷暖，夜坐同聞漏鼓長。賈勇遂能空鼠穴，策勛何止履胡腸。魚餮雖薄真無媿，不向花間捕蝶忙。

除了讓喵喵幫忙撲殺老鼠，還順便陪禪修，根本佛系詩人，這隻貓對他來說簡直是哆啦A夢等級了。此外陸游還有一首〈十一月四日風雨大作〉也堪稱相當經典，非常符合我們現代思維：

風捲江湖雨暗村，四山聲作海濤翻。溪柴火軟蠻氈暖，我與狸奴不出門。

這詩真的有點白話過頭，因為風雨大作，連海濤都嚇到眼睛業障重不敢出門（上面這句我亂翻的）。總之就是躲在家裡靠著火爐暖被，與小老虎喵喵相依相偎取暖，貓最重要有貓萬事足，耍廢耍宅不要出門了。不過嚴格來說，古代雖然有愛貓人，但好像還是著重貓貓的工具性，貓奴這樣的新型態人類應該還是到晚近才出現的。所謂寵物寵物、寵極之物，有這樣寵物相伴，也讓古今的人們有了另外一種新的視野與生活體驗。感恩貓咪讚嘆貓咪。

29 放閃節來了

——古代單身狗怎麼過節？

我們知道傳統的民俗節日，其實也隨著歷史有所變遷，像古代很重要的「人日」、「上巳」等等，現在已經沒有在慶祝，至於元宵或上元節，在六朝之後成為重要節日，由於是元月的第一次月圓，於是被古人視為一次重要神聖時間。在南朝陳即將破滅之際，流傳著一段發生在元宵節的愛情故事：

陳太子舍人徐德言之妻，後主叔寶之妹，封樂昌公主，才色冠絕。時陳政方亂，德言知不相保，謂其妻曰：「以君之才容，國亡必入權豪之家，斯永絕矣。儻情緣未斷，猶冀相見，宜有以信之。」乃破一鏡，人執其半，約曰：「他日必以正月望日賣於都市，我當在，即以是日訪之。」（孟棨《本事詩》）

當時的太子舍人和老婆樂昌公主相約，倘若身經喪亂而離散他方，就在正月的望日（也就是元宵節啦）當天，將一半的破鏡拿去市集販售，其後「有蒼頭賣半照者，大高其價，人皆笑之。德言直引至其居，出半照以合之」。這也就是著名的「破鏡重圓」的故事。所以我們肥宅兄弟若前幾天約妹看花燈被打槍，其實一點也不可恥，因為一段愛情原本就得經歷各種風霜與磨折，才能成就其偉大。

而在隋唐之際，元宵進而演變成一個民眾相偕外出賞燈狂歡的節令，當時盛況有多誇張呢？隋代有一士人柳彧曾經上書朝廷，認為元宵節的活動太過於鋪張，希望市府能明令禁止，不然他真後悔投柯P（關柯P啥事）：

> （柳）彧見近代以來，都邑百姓每至正月十五日，作角抵戲，遞相誇競，至於糜費財力，上奏請禁絕之曰：「竊見京邑，爰及外州，每以正月望夜，充街塞陌，鳴鼓聒天，燎炬照地，人戴獸面，男為女服，倡優雜伎，詭狀異形。外內共觀，曾不相避。……盡室并孥，無問貴賤，男女混雜，緇素不分。穢行因此而生，盜賊由斯而起。非益於化，實損於人。請頒天下，並即禁斷。」（《隋書・柳彧傳》）

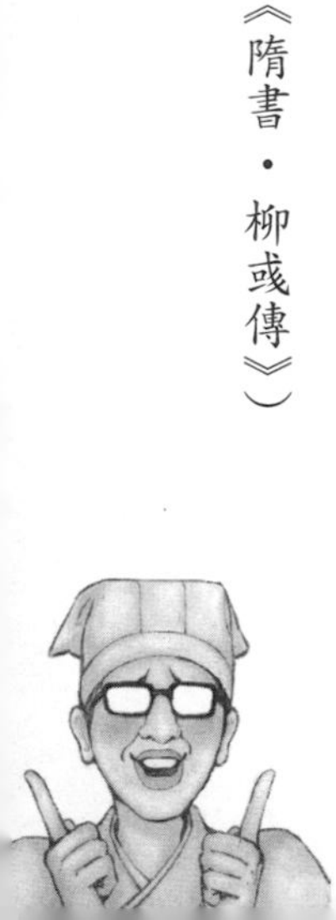

「鳴鼓聒天，燎炬照地，人戴獸面，男為女服」，換成現在大概就是到處放鞭炮放煙火，大家玩變裝派對，然後趁亂約妹虧妹，什麼約會約夕的一大堆（喂喂亂講），所以柳彧認為「穢行因此而生，盜賊由斯而起」，望能禁止鋪張的元宵燈會活動。這邏輯看得我也是醉了，但也能一窺當時的元宵節風氣。

我們現在的元宵似乎已經沒有這樣的變裝，但各位若熟悉日本的祭典，如新海誠《你的名字》裡彗星來的那一夜，三葉家鄉舉辦的那種，除了浴衣煙火，也會有賣各種面具的攤位，大概就是當時習俗傳入東瀛後的衍變。而元宵這個古典時期的情人節進而發展，到了宋代就成為宅宅潮潮約妹紙看花燈的重要節日。

之前「厭世哲學家」發了一篇臉書瘋轉的解讀，告訴我們歐陽修的〈生查子〉這詞原來寫的是他沒人陪看花燈的單身狗心情。在這個萬衰同塵，有志難伸的壞時代，「厭世」可能是我們這一代人反覆塗銷的關鍵字。確實，古代的元宵節畢竟是出遊賞燈的節日，於是就有了一些情人節放閃的意義，這點也讓單身狗容易崩潰。歐陽修這首名詞全文是這樣：

去年元夜時，花市燈如晝，月上柳梢頭，人約黃昏後。
今年元夜時，月與燈依舊，不見去年人，淚濕春衫袖。

這詞在當初考證還有另一說，認為這是南宋女詞人朱淑真所作，由於〈六一詞〉經常混入其他詞家作品，而從「淚濕」或「春衫」這些描寫思婦情態的意象來看，這首詞更偏向女敘述者的視角，所以真要吐槽就是說歐陽修其實不是真的單身肥宅，他只是在想像妹紙今年元宵沒人陪的哀感與閨怨。從上下闋的重疊往復，以及詞彙的流俗俚傖來看，這首詞很有民歌感，「擬代」的痕跡很明顯。

不過說起元宵相關的詞，辛棄疾的〈青玉案〉真正在寫他帶妹出遊而失散的心情，這首詞我們也多半讀過，且讀的是王國維大大的重新解讀版：

東風夜放花千樹，更吹落，星如雨。寶馬雕車香滿路，鳳簫聲動，玉壺光轉，一夜魚龍舞。蛾眉雪柳黃金縷，笑語盈盈暗香去。眾裏尋他千百度，驀然回首，那人卻在，燈火闌珊處。

詞的前半闋我們可以看到當時元宵的熱鬧氣氛，滿街是花燈是樂舞，連寶馬奧迪都開出來炫富，「魚龍舞」是指魚形或龍形的花燈，在還沒有小奇雞、福祿猴等意義不明的生物時，那可是當時花燈的主流。而這首詞下半闋就真正在寫妹紙們——「蛾眉」、「雪柳」與「黃金縷」都是借代法，晦稱沿途招搖的正妹嫩妹，但我們棄疾大大可不是隨便看妹的輕浮之徒，他一心要在眾裡尋他，回首才發現要找的妹紙就在自己身邊。

說起來這詞本身真的沒啥特別，且《稼軒詞》以豪放聞名，這詞若非王國維將之以「人生三境界」目之，恐怕早已湮滅於茫茫詞海。而當初夢裡尋春幾度，那些年錯過的大雨，那些年錯過的妹紙，就成了人生成就大事業大學問的最高境界，這實在也是一種超譯是誤讀。不過我真心覺得在每個時代必須要有一些創作者，對舊有或現存的文獻重新賦予意義，那些被重新解讀，可能惡搞可能歪讀的作品，反映了這個時代的精神與需求，所謂的真實倘若已流於擬像，那麼這些失誤或歪斜卻陰錯陽差擊中了這個時代核心驅動程式。這可能是在這後真相的時代，比所謂真偽或考據更真實的事。

30 大錯特錯不要來

——古代恐怖情人

每當發生恐怖情人跟蹤尾隨、癡纏情殺等等新聞，健忘的我島居民好像就會忽然覺醒，想到性平教育的匱乏，想到仇男厭女的各種極端言論背後隱含的危機。我無意獵奇逐異或趁勢跟風，但這幾年的性別教育旌旗昭昭，總以為我們已有顯著進步之時，同樣的新聞又再度發生，接著又是一連串偏激言論與圍剿獵巫。幾個星期過去，海內昇平無事，粉專或批踢踢那些教人搭訕獵艷，追逐異性的廢文、課程或聚會又再度復活，就這樣無限輪播過一次。

如果要說古代恐怖情人及其被害者，不免會提到兩位女性，第一位是桃花夫人息媯。這件事本末載於《左傳》，當時楚王貪圖息夫人的美貌，恃強凌弱而滅了息國。與現代對方稍有不順從即施以暴力的伴侶相比，楚王可說是當時地表最渣渣男無誤。

只是後來息媯到了楚國，雖為楚王生了兩子，夫婦卻始終無話，楚王問其原因：

以息媯歸，生堵敖及成王焉，未言。楚子問之，對曰：「吾一婦人而事二夫，縱弗能死，其又奚言？」。（《左傳・莊公十四年》）

息夫人說自己一個女人身事二夫，照說應該自殺殉情，但既然自己做不到，又有什麼好說的。等等，你可能會問說不是說好不說話，息夫人是怎麼回答的？我只能說古代史傳看看就好不要分得那麼細。不過息夫人的故事成了爾後一個重要的典故，在唐代孟棨的《本事詩》裡有一段記載：

寧王曼貴盛，寵妓數十人，皆絕藝上色。宅左有賣餅者妻，纖白明媚。王一見註目，厚遺其夫取之，寵惜逾等。環歲，因問之：「汝復憶餅師否？」默然不對。王召餅師，使見之，其妻註視，雙淚垂頰，若不勝情。時王座客十餘人，皆當時文士，無不淒異。王命賦詩。王右丞維詩先成：「莫以今時寵，寧忘昔日恩。看花滿眼淚，不共楚王言。」

有看過電影《唐伯虎點秋香》，大概就認識寧王（其實不是同一個寧王），這個很愛發飆又愛亂把妹的寧王後宮已有十幾個正妹了，但他看上鄰居餅店的老闆娘。於是他花大筆錢將老闆娘娶來。過了一年問這位老闆娘說，還在想之前的腦公嗎？說起來這位寧王也是金變態，自己享受著NTR的快感。沒想到老闆娘沉默無話。於是寧王召見餅店師傅，讓舊情人重逢哭哭，還讓屬下寫詩來歌頌（這種變態事蹟有什麼好歌頌咧？）當時大詩人王維就在寧王幕府，他的詩最快寫成，題目叫〈息夫人〉。「看花滿眼淚，不共楚王言」正是用息嬀的典故，以隱喻餅店老闆娘這段令人悲摧的愛情，並藉此諷喻寧王這位淫人妻的變態情人。

至於另外一位在感情中的受害者，大概就是石崇的愛妾綠珠了。綠珠的故事也是一個典型的、因紅顏肇禍的慘案，根據《晉書・石崇傳》：

（石）崇有妓曰綠珠，美而艷，善吹笛。孫秀使人求之。崇時在金谷別館，方登

涼臺，臨清流，婦人侍側。使者以告。崇盡出其婢妾數十人以示之，皆蘊蘭麝，被羅縠，曰：「在所擇。」使者曰：「君侯服御麗則麗矣，然本受命指索綠珠，不識孰是？」崇勃然曰：「綠珠吾所愛，不可得也。」……使者出而又反，崇竟不許。秀怒……遂矯詔收崇及潘岳、歐陽建等。崇正宴於樓上，介士到門。崇謂綠珠曰：「我今為爾得罪。」綠珠泣曰：「當效死於官前。」因自投于樓下而死。崇母兄妻子無少長皆被害，死者十五人。崇時年五十二。

綠珠原本是石崇的愛妾，當時權臣孫秀也看上綠珠，於是要求轉讓給他。這麼說來可能很物化女性，但在古典時期，妻妾某種程度都算男性的附屬品，是可以出售轉讓的有價之物，所以有一類樂府就叫〈愛妾換馬〉。不過石崇對綠珠顯然是真愛，因此他找來自己婢妾幾十個咩，讓孫秀使者挑選。使者說本來1M升級成40M，我覺得hen棒，但人家孫秀大大指名要大框綠珠的臺，你不要在這邊亂。

這時石崇也森氣氣了，回了句「綠珠吾所愛」，叫孫秀回家洗洗睡吧別在那邊肖想，使者盧小小好幾次都沒用，就回去稟報孫秀。結果換成孫秀氣噗噗（有沒有愛到那麼中二啦），於是矯詔假傳聖旨，將石崇以及其黨羽潘岳、歐陽建都給收押了。大家可能不太認識潘、歐兩位，但潘岳是太康著名的大詩人，與陸機齊名；而歐陽建則是清談的重要人物，曾提出過「言盡意論」。總之這兩位大作家就因為綠珠與癡纏他的恐怖情人，遭了池魚之殃。

而最悲劇的莫過於檢調單位來到石崇家拘提，他還在揪綠珠唱歌跳舞。石崇此時怒道「我被你害到吃手手了」。綠珠回「那我就死給你看」。接著跳樓自殺。由於石崇原本就是炫富出名的土豪哥，後代沒有太多詩文對他的深情惋惜，倒是綠珠成為一個重要的文學典故，杜牧有一首〈題桃花夫人廟〉將息嬀和綠珠並論：

楚腰宮裡露桃新，脈脈無言幾度春。至竟息亡緣底事？可憐金谷墜樓人。

過去詩話認為這首詩在以綠珠自盡的殉死，反襯息嬀苟活的偷生，但我總覺得在那個父權的時代，在男性慾望的凝視之下，終生不言的美人與香消玉殞的愛妾，實則有著同樣的悲劇性宿命。愛情原本就是人類情感裡最激烈的成份，那賀爾蒙蛋白質騷

動暴躍的一瞬，原始的動物性與欲望，讓人失控潰堤。這讓我想起《孟子》最寫實的段落，「人之異於禽獸者幾希」。但我們耗費如此大量的時間，進化成如今豐沛的文明，有機會擺脫偏見壓迫與歧視，我總覺得只要透過教育，我們就有機會成為比現在更好的人。

買貓貓，買貓貓
我要買貓貓
北宋江西詩派祖師
黃庭堅
喵喵幹的好，
有賞
南宋詩人之冠
陸游
我與貍奴不出門…

第五輯

古代出版業有比較景氣嗎？

李賀

384 400 個讚

31 古代出版業實錄（1）

——古人怎麼辦新書發表會？

之前我有機會去了一年一度的台北國際書展，辦了一場文學書的新書發表會，在這個出版蕭條、讀者流失的時代，除了努力自己宣傳新書，還在發表會和聽眾分享了古代的新書發表會實況（最好古代也有新書發表會啦）。

說真的，漢代以前的竹簡時代，書要大量複製非常困難耗時，但相對於現在賣不掉的書在倉儲占庫存，或被銷毀打成紙漿，在竹簡時代焚書、毀書卻相對容易。大家都知道秦始皇焚書坑儒，但這只是第一次焚書，除了醫藥、卜筮、種樹等書，博士官學仍藏於中央密府，爾後項羽入咸陽火燒阿房宮，造成大部分文獻損失，於是有了兩漢的今古文之爭。後來史學家將秦漢中間的文明知識斷層，直接統稱之為「秦火」，但「秦火」事實上是由這兩次焚書的事件組成。

大家就算不一定從事出版業，大概也聽說過台灣這幾年書市蕭條，讀者衰退，出版業陷入寒冬，也正因為如此新書出版更必須求曝光，搏版面，搶露出。但就我所見的文獻，兩漢經學昌明時代，在官學的大傳統之下，文士好像還沒有如此焦慮。司馬遷在〈報任少卿書〉中提到，他忍受著一次又一次的宮刑（並沒有好嗎？）（我要這鐵棒有何用），發憤著書，以成《史記》，通古今之變，成一家之言。

他自己期許《史記》這本書「藏之名山，傳之其人，通邑大都」。過去對於「名山」這個詞解釋不一，但確定不是什麼五嶽或黃山。有一說「名山」指的是君王藏書閣，又一說認為指司馬遷私宅。總之我們悲摧的司馬遷大大認為《史記》這本以分身換來的神書，自然可以流傳，不必找行銷露出宣傳，辦啥新書發表會（大概是因為他也沒有可以露出的了）（被毆）。

但這樣的焦慮到了六朝似乎開始明顯。受到前章我們提過的《典論・論文》「文章乃經國之大業」、「未若文章之無窮」的影響或激勵嗎？許多士人開始著述希望成一家言。這時有個刻苦學霸寶寶左思出現了。據說左思〈三都賦〉寫了整整十年，是真的十年都在寫，根據本傳，他「門庭藩溷，皆置紙筆」，門庭就是大門客廳，「藩」指

圍牆、「溷」指廁所，真的是連蹲馬桶都在構思〈三都賦〉，有點拚過頭了，我只能說葛格母湯喔，這樣可能會引發直腸外科的疾患。

結果是，登愣，〈三都賦〉嘔心瀝血完成，大家根本不重視。《晉書．文苑傳》說：

及賦成，時人未之重。（左）思自以其作不謝班（固）、張（衡），恐以人廢言，安定皇甫謐有高譽，思造而示之。謐稱善，為其賦序……

以上這段告訴我們，左思大概是第一個想到找文壇大咖為他寫推薦序的神人。找皇甫謐寫推薦序了之後，當時文壇領袖張華也參與掛名推薦：

司空張華見而嘆曰：「班、張之流也，使讀之者盡而有餘，久而更新。」於是豪貴之家競相傳寫，洛陽為之紙貴。

看看，在當時的司空張華稱讚之下，〈三都賦〉成了與班固、張衡並稱的神文，這就是在貴圈有朋友和沒朋友的差別。而「洛陽紙貴」這個成語也正式被創造出來，用來指暢銷作家。但事實上左思與他的〈三都賦〉如果沒有皇甫謐、張華兩位大大的推薦，很可能會湮滅於文學史洪流之中。

另外一個對作者或出版社行銷來說的難點，在於如何尋覓不太熟稔的文壇大老推薦。而古典時期第一個遭遇到這個問題的，大概是《讀古文撞到鄉民》介紹過，因為作夢夢到孔子而決定繼承志業寫出《文心雕龍》的劉勰。由於六朝是門閥政治，劉勰少年家貧還因此未能婚娶，顯然沒機會認識什麼文壇領袖。而當時最重要、動見觀瞻的文壇核心，就是身仕三朝的沈約大大。

或許沈約在我們國文課本上知名度不高，但他除了稱讚過謝朓詩，讓小謝從此躍上文學史經典，更闡明四聲八病，而這樣的聲律說成為爾後唐朝律詩的重要規範，進而創生出唐詩的高峰。為了跪求這樣的大大推薦，劉勰竟然玩變裝搞cosplay，裝成擺地攤的，跑到沈約家門口堵人：

（書）既成，未為時流所稱。（劉）勰自重其文，欲取定於沈約。約時貴盛，無由自達，乃負其書，候約出，干之於車前，狀若貨鬻者。約便命取讀，大重之。謂為深得文理，常陳諸几案。（《梁書・劉勰傳》）

後來結果就是好險不是沈約問號臉，沈約讀了《文心雕龍》比讚比愛心，經常將這書放自己書桌上，因此劉勰的新書發表會根本不用辦了，光靠沈約的聲量洗流量狂露出，文壇就開始重視到這本書。當然，我們現在扮成送結緣書的，看到文壇大老本尊就衝上去送書，效果可能不大，還會害老師們嚇到吃手手，所以並不建議各位現在還用這招。

從文學史的興衰來看，沈約大大對於劉勰《文心雕龍》的意義，可能就像冏星人說書，讓一本書終於有機會被看到，於是乎我現在也能在大學開這門課混口飯吃，苟延殘喘。只能說感恩沈約讚嘆沈約，從以前到現在，求曝光搶聲量刷存在感的事似乎沒有少過，我們或許也會擔心反面來想，是否也有許多好書就此灰飛煙滅？下一篇我將繼續為大家介紹古代幾次大規模燒毀、消庫存的故事，還請愛書人、藏書家防雷慎入。

32 古代出版業實錄（2）

——那些被強制銷毀的庫存書

之前有一陣子，台灣人開始瘋狂搶購衛生紙，這事還被鄉民以「安屎之亂」戲謔稱之。我同溫層除了感慨同樣是紙，圖書銷量始終低迷無起色之外，更有人想出將庫存書變造成衛生紙（94我本人），或提案乾脆直接把新書印上衛生紙，隨擦即用、用完就丟這般，悲憤又自嘲。

以上只是發牢騷，但事實上我寫過一篇散文〈紙漿之愛〉，就是在感慨眼下這個多工緩衝、閱讀衰頹的時代，書籍成為庫存最後被銷毀的事。我還記得當年我初將文學書投稿至出版社，主編就建議我不妨看看庫存書倉儲。反潮、發霉、生蠹，那真的是愛書人不堪也不能承受之痛。與出版業過從更密，我才知道原來庫存書也不會一直堆倉庫，當考量再無銷售殘值時，出版社也會將庫存銷毀，拆掉書背、打成紙漿，再

製成再生紙。再想想曹丕說的「經國之大業，不朽之盛事」，這有多感傷？

我們都知道秦始皇曾經焚書坑儒，這被視為歷史上著名的控管言論之劣舉暴行。但漢代以前畢竟是竹簡時代，焚書的數量終究有限，所以認真算起來，古典時期最大規模的焚書，應該算是梁元帝面對江陵城陷時，悲憤之下的焚書。

這件事說來充滿各種悲摧與無奈。首先，即便在歷史定位上，梁元帝蕭繹評價不甚好，一般認為「侯景之亂」（五四八）爆發、都城建康被圍，梁武帝蕭衍與太子蕭綱坐困危城之際，蕭繹手握西境重兵游移觀望，不願意派兵勤王。因此後來他定都江陵，自登帝位，更被認為是狼子野心。以上說的這些，當然是歷史事實不容否認，但我總覺得這其中有某種後見之明。

我個人特別偏愛蕭繹一系列遊戲詩，他可能是一個真正能將生活與文學，體貼出某種後現代遊戲況味的古典詩人。此外他是一個真正的愛書人，對知識和書籍有著異於常人的迷戀與偏執。根據本傳：

（元帝）性愛書籍，既患目，多不自執卷，置讀書左右，番次上直，晝夜為常，

> 略無休已，雖睡，卷猶不釋。五人各伺一更，恒致達曉。常眠熟大鼾，左右有睡，讀失次第，或偷卷度紙。帝必驚覺，更令追讀，加以檟楚。（《梁書・元帝本紀》）

關於元帝性愛的這部份、不，我在說什麼，我是說蕭繹天生喜歡看書，但又有一隻眼睛看不見（他的妃嬪徐娘就以此訕笑他），所以通常是找左右侍從輪值從早到晚唸書給他聽，就算是半夜，也要找五個人輪班，每人唸兩小時。

你說哇咧之前介紹過的史可法找健卒來深蹲、讓他靠著睡覺，就已經很血汗了，沒想到蕭繹還青出於藍，而且皇帝都睡到吃手手了，書僮想說隨便給他跳著唸就好，這時他還會馬上驚醒，加以責難，原來是一位亂唸書的同學啊，然後咧？然後這位就要被鞭刑了。

蕭繹讀書愛書成癡，因此他藏書原本就已經汗牛充棟、達到七萬冊之多。爾後建康戰亂，他又將文德殿中央藏書七萬餘冊，也轉移到江陵。等於他坐擁當時天下最多的藏書量。當時北朝戰亂頻仍，圖書收集不易，最多時僅三萬餘冊，相較之下可見這

間蕭繹圖書館當時有多麼恢宏壯盛，全世界可與之媲美的大概就是亞歷山大圖書館了。

這樣的一個愛書人、藏書家，最後選擇焚書，一方面當然是悲憤與自私，但背後的悲痛實在難以言喻。同樣根據本傳，西魏即將破城而入時：

> 及魏人燒柵，買臣、謝答仁勸帝乘暗潰圍出就任約。帝素不便馳馬，曰：「事必無成，徒增辱耳。」答仁又求自扶，帝以問僕射王褒。褒曰：「答仁，侯景之黨，豈是可信？成彼之勳，不如降也。」乃聚圖書十餘萬卷盡燒之。（《梁書・元帝本紀》）

大臣建議蕭繹出逃，猜忌成性又不善騎術的蕭繹終究拒絕了，他的身體選擇投降，卻不願意將書籍一併奉送，於是將十幾萬卷書一舉燒毀。如果歷史可以重來，真想跳上時光機，和蕭繹說一聲「葛格，母湯喔」。

這幾年我偶爾演講，也稱自己在推動古文普及，每次談到六朝詩歌，非科班出身的聽眾，認識多半止於陶淵明，這很大一部份的原因就是來自於文獻的殘佚，但在那個沒有印刷術的時代，圖書就是如此脆弱的物什。除了這種人為的怨毒燒毀，還有想不到的行車意外，也導致被迫削減庫存：

> 後魏之末，齊神武執政，自洛陽徙於鄴都，行至河陽，值岸崩，遂沒於水。其得至鄴者，不盈太半。至隋開皇六年，又自鄴京載入長安，置於祕書內省，議欲補緝，立於國學。尋屬隋亂，事遂寢廢，營造之司，因用為柱礎。貞觀初，祕書監臣魏徵，始收聚之，十不存一。（《隋書・經籍志》）

北齊時代運書的車隊，竟然連書帶馬車一同沉入水裡，導致圖書損失大半，到了貞觀盛世，唐太宗好不容易有閒收集天下圖書，這才發現「十不存一」。於是我們爾後的文獻，談到隋代以前的圖書，都會提到「隋以前遺文祕籍，迄今十九不存」。只剩下十分之一或更少的圖書文獻足以徵參。試想，若我們現在能讀到隋以前作品暴增十倍，除了修國文要默寫的同學要嚇到吃手之外，會有多少馥郁豐沛的文獻奇觀（音效：天哪，是世界奇觀）。

因此每次面對諸如課綱之爭，經典之辯時，我就想到被蕭繹燒毀的那些書，載上馬車卻被淹沒的書，還有我們這時代印出來卻不曾被閱讀就被打成紙漿的書。知識的傳遞，文獻的留存，有太多隨機與不可預期的機緣。現在讀過國文的我們一代，大概都嫻熟於李白、杜甫、韓愈，背上幾首唐詩。但我們失去的更多，那些永遠成為紙屑和煙塵，在當時傳誦不已如今卻汁漿無存的作品，就好像不曾存在似的。

33 古代出版業實錄（3）

——早夭才子與玉樓召記

即便好一段鎏金時光過去了，我仍時常會想起那個驟然離世的才女作家林奕含。當時在臉書、在媒體被鋪衍，被轉載的文章；那些發表會或訪談影片、小說的書影、斷片、分明是八卦雜誌胡掰瞎謅的想像……讓整座動態牆鏡面到處是光痕斑駁。

我們無法接受的何止是早逝隕落的生命，更是對無以逼視的才華光暈傷弔與惋惜。無論對讀者或對文學史而言，單單只留下《房思琪的初戀樂園》這部作品，對我們這些讀者而言真的是太少了——對善惡的詩意般謳歌，審美或審醜揮發到極致，富饒的意象，失控的比興寄託或抒情傳統，太多可以深論可以索究的。但這些就此就這麼被打斷了。沒了，斷了，停止了，一切戛然而止。

那段時間我的詩選課，正好教到中晚唐之際詩人、有「詩鬼」之稱的李賀。李賀

過世時得年二十七歲，即便在那個平均壽命四、五十歲的前近代，這樣的歲數仍算是正值壯年。由於詭奇險僻的詩風，加上各種苦吟嘔血的傳說，讓李賀其詩其人都成了傳奇的一部分。而最著名的大概是他臨訣人世之際與緋衣人的故事：

長吉將死時，忽晝見一緋衣人，駕赤虬，持一板，書若太古篆或霹靂石文者，云當召長吉。長吉了不能讀，欻下榻叩頭，言：「阿彌老且病，賀不願去。」緋衣人笑曰：「帝成白玉樓，立召君為記。天上差樂，不苦也。」長吉獨泣，邊人盡見之。少之，長吉氣絕。（李商隱〈李長吉小傳〉）

這段其實算白話，李賀彌留之際，見到了玉帝使者，騎著《中華一番》才會出現的飛龍咻咻咻到他面前，拿著寫了古代篆書的石板（其實就是生死簿或死亡筆記本的概念），李賀看了半天看不懂，想到老母尚病，於是與死神討價還價。但死神給了一個他沒法拒絕的理由，玉帝造了白玉樓，需要李賀為之題記，只好提早將他聘去天宮。這件事當時尚有人證，李商隱此記據說來自其姐轉述，實在不容置疑其偽。於是乎我們有了「玉樓召記」這般的輓辭。而我覺得真正讀之令人悲摧的，是李商隱這篇小記的最末：

> 嗚呼，天蒼蒼而高也，上果有帝耶？帝果有苑囿、宮室、觀閣之玩耶？苟信然，……何獨眷眷於長吉而使其不壽耶？噫，又豈世所謂才而奇者，不獨地上少，即天上亦不多耶？（〈李長吉小傳〉）

很顯然，這玉樓題記的傳說，只是為了說服生者。若將「天妒英才」這類成語給具象化，差不多就成了這故事。但即便有了故事，我們真的能好過一些抑或聊慰一些嗎？或許也只是被遺留在此世的我們，故作堅韌或強忍悲傷的姿態吧。

事實是，耀眼而無法直視的才華太少見又太稀薄了。就像《房》書中所描繪的那些美好意象——思琪捧著攝影機在雪地裡旋轉飛舞，背後的風景被拖曳，被綿延，被拉長，成了高速路又如整座星空視覺暫留的橫幅窗景。「空間硬生生被拉成時間，血肉模糊的」。

非要那麼痛那麼虐那麼傷，那麼鏤心擢腎，我們才真正能認識所謂的「才華」，像那句徵引到陳腔濫調的俗諺，「此曲只應天上有」。但上天到底是什麼？上帝又到底是什麼？用李商隱這篇名曰小傳實則是祭文的說法——這樣的作品在天上也太少了，這樣的才華在另外一個世界也是那麼難能可貴。尤其是這些年慣看了太多的盜版，冒牌或偽物，他們貼出絲毫才氣靈光與韻律感也無的文字，在臉書上毫無羞赧地嚷嚷什麼文壇貴圈，似是而非。

李賀的詩歌同樣以奇詭著稱，喜歡用「鬼」字、「死」字、「泣」字、「血」字，一般我們朗朗上口的「關東酸風射眸子」、「天若有情天亦老」這些詩句，就是出自李賀，但我想在此介紹一首李賀充滿奇想的登月詩〈夢天〉：

> 老兔寒蟾泣天色，雲樓半開壁斜白。玉輪軋露濕團光，鸞珮相逢桂香陌。黃塵清水三山下，更變千年如走馬。遙望齊州九點煙，一泓海水杯中瀉。

李賀想像登月宮而回望地球，就猶如在天庭看人家，「更變千年如走馬」，這完全就是把相對論和《星際效應》發揚光大啊。各位鄉民可能會吐槽九州如點煙，海水如杯水的想像不太正確，畢竟地球是圓的，但在李賀魔幻的天界想像中，似乎一切都成了可能，就像那不可逼視的才華，與早夭的才子才女留下的動人篇章。

而此時這時我們才像擾動一個晨夢，一座停滿鷗鳥的珊瑚礁孤島那樣警醒了過來，發現自己能做的似乎實在太少，甚至只剩下複寫一次「玉樓題記」的典故或輓辭，聊以長嘆或感傷，慰亡者以安生者，才好讓這些被吹膨吹脹的意象語句重新活一次。就像曹丕《典論・論文》這篇核心古文裡必考默寫的摘句「年壽有時而盡，榮樂止乎其身」，接下的句子無論是否巧言令色，我都還能背誦，但似乎再無意義。

但我們非得相信其意義，相信這樣的文字與才華得以從此被留了下來。趨近於光，趨近於愛，然後趨近於永生。

34 古代出版業實錄（4）

——紅鯉魚、綠鯉魚與驢

有個汽車廣告的對白是這麼說的：「歷史上的每個英雄，都與他的坐騎一同不朽。」我們三國粉鄉民都知道馬中出了赤兔，人中出了呂布（我又在說什麼），但與那些戰功彪炳、壯圍虎軀的武將大相迴異，古典時期文士多半以騎驢做為主要的交通工具，也進一步成為作為一個文人墨客的精神象徵。

我們現在說起驢的典故除了用來罵人很驢或我有一隻小毛驢之外，就是史瑞克與他那隻喋喋聒噪的小夥伴驢子（重點是故事中的驢子甚至沒有名字而直接叫驢子）。而最著名的一段詩人與他心血來潮騎小毛驢的故事，就是上一篇介紹的中唐詩人，有「詩鬼」之稱的李賀：

> 每旦日出，與諸公遊，未嘗得題，然後為詩。如他人思量牽合，以及程限為意，恒從小奚奴騎巨驢，背一古破錦囊，遇有所得，即書投囊中。及暮歸，太夫人使婢受囊出之，見所書多，輒曰：「是兒要當嘔出心始已耳。」上燈與食，長吉從婢取書，研墨疊紙足成之，投他囊中。（李商隱〈李長吉小傳〉）

上篇介紹過了李賀早夭的事蹟，也確實他不像自己名字那麼狂，可以跟人家說他「叫小賀」。李賀的英年早逝除了先天體弱，或許與當時的「苦吟」詩風有些關聯。所謂的「苦吟派」以孟郊、賈島為代表，他們未若過去寫詩那樣意縱筆到、一氣呵成，而是每字每句都反覆推敲、苦竭思索。孟郊有首詩底下自注：「兩句三年得，一吟雙淚流。」哇咧我還幹譙學生寫一篇作文六百字給他兩個小時竟寫不出來。孟郊大大兩句才十個字就寫了三年，９４狂９４猛。

我們回來看這段，說李賀每次與其他詩人出遊，一起寫詩為樂，他都沒法援筆立就即刻寫成，都要與他的驢子夥伴小旅行一段慢慢琢磨，然後想到一個詞或一句詩就寫下來投到錦囊裡。回家之後再把錦囊到出來拼成句。連他老母都說「這是我兒嘔

心瀝血，差點把肺咳出來才寫得出的詩句」，我的老天鵝啊，但寫詩其實只是抒懷怡情，真的有必要搞到這種程度嗎？就像周星馳《唐伯虎點秋香》的華安對穿腸說的「作對本是消遣之用，居然對到嘔出幾十兩血」，真的是有點太超過了。

然而此後這麼樣清瞿佝僂，騎著蹇驢瞎晃的高等遊民形象，始深植人心，成了歷代詩人嚮往的風景。英雄的坐騎從此不再是赤兔的驢或阿帝斯神車之類的，而是史瑞克的驢驢好夥伴。甚至不騎驢就沒了詩興，像鄭綮那段著名的事蹟：

> 唐相國鄭綮，雖有詩名，本無廊廟之望。……或曰：「相國近有新詩否？」對曰：「詩思在灞橋風雪驢子背上，此處何以得之？」（余永麟《北窗瑣語》）

「詩思」就是詩興，寫詩的靈感，所謂詩思有兩種，「灞橋風雪」和「驢子背上」，其實統括來說也就是只有一種，在那滿天風雪之中，在那跛足緩行的驢背上，才真正是一個詩人荒邈而幽遠，寒遣卻孤高的形象。

作家都在追求著所謂靈感，靈感泉湧時如同《文心雕龍・神思》那段很狂的形容：「吟詠之間，吐納珠玉之聲；眉睫之前，卷舒風雲之色。」腦洞大開，一日幾萬字，一邊敲鍵盤按滑鼠，一堆詞彙飛進腦內小劇場。但靈感枯竭時那種苦吟湊句，坐困愁城，像被鄉民譏酸知名漫畫家的連載「又富奸了」，這痛苦非得深入其內才能領略一二。所以說李賀騎著驢蒐集錦囊佳句的故事，成了每一代創作者面臨的不能承受之痛。而相較於騎馬或騎車車（小波才騎車車），騎驢也就成了最能象徵詩人形象的坐騎與通勤工具，像蘇東坡很有名的那首飛鴻雪泥最末句，「路長人困蹇驢嘶」。

而在其後的詩人形象建構中，我特別喜歡陸游的〈劍門道中遇微雨〉。這首詩作於南宋乾道八年（一一七二），陸游自前線南鄭被調離，派往蜀中任閒職，我們都知道陸游身為愛國詩人，抑鬱不得志之下，他寫了這首詩：

衣上征塵雜酒痕，遠遊無處不消魂。此身合是詩人未？細雨騎驢入劍門。

古代文人大多志不在寫詩作詞，而在通經以致用，讀聖賢書是為了忠君報國。這樣的信念如今看來有些迂腐，但卻又如此真實地糾纏著每一代士人。「衣上征塵雜酒

痕」乃從陸機「京洛多風塵，素衣化為緇」脫胎而來，因為經年的仕途宦遊，當年一單白衣早已駁雜征塵與酒漬。接著陸游提了一個很後設的問題：「此身合是詩人未？」現在這樣穿著斑駁風褸、騎著蹇驢淋著細雨的我，算是一個詩人了嗎？這意象根本就「攔路雨偏似雪花／飲泣的你凍嗎／這風褸我給你磨到有襟花」，真想點一首陳奕迅的〈富士山下〉給陸游。

這幾年「詩壇」經常論戰（但我只知道苗栗有個獅潭鄉），無論是抄襲紛擾或好壞截句詩之爭，以廣義的現代詩壇來說，大抵能寫出分行的詩句就算詩人，至於詩意之有無，詩集之銷量或文壇之評價那可能是另一個層面。但陸游的提問顯然更哀感。雄心報國幾已無望，北定中原行路迢遠，那麼乾脆就真正當一個詩人好了。但詩人需要什麼樣的履歷呢？不就是征衣上的酒漬，還有細雨中那跛驢悠悠緩緩、踽踽獨行的剪影。從後視昔，陸游終究只能是一個詩人，但好在他仍是一個詩人。再怎麼無奈、多情或厭世，他和他的小毛驢終究一起被寫進了文學史，成為定義詩人的座標之一了。

35 古代出版業實錄（5）

——詩壇內戰正式開打

前一篇提到詩壇經常大戰的事，其中有一個熱點就是這幾年推廣現代詩卓越的粉絲專頁「晚安詩」。正因「晚安詩」每晚貼出一首詩的長期耕耘，現代詩成了熱門的體類，在出版市場陷入冰風暴的氣氛裡，幾個新世代詩人與詩集竟能逆轟高灰，把冷門詩集賣成暢銷書。不過也因為如此，不同代際的詩人們就經常為了這樣新風格詩作的優劣，有了各種論戰。說起來這詩壇內戰我實在不敢嘴，但從古典文論來說，我倒認為這幾年風靡的新詩人與風格，符應了古典時期對詩歌的想像。

就我對現代詩粗淺的理解，中國的現代詩被認為起源於胡適，經過二、三〇年代新感覺派移植，六、七〇年代現代主義薰染，再加上八、九〇年代大報文學獎的競技鍛鍊，現代詩與散文、小說並列為三大文學體類，按照教科書的定義——現代詩是精

鍊的語言藝術，是充滿能指與隱喻的體裁，並帶有對抗線性語言邏輯的反抗與濛曖。

然而近年來這批以七、八年級為主力的新世代詩人，雖風格仍各有區異，但大抵上用語更為淺白而流俗，姑且擱置作者的寫作意圖，對讀者而言，他們讀的不僅是詩藝之內的風格與美學，更追求詩藝外緣的厭棄或療癒。於是此新世代詩人的作品不僅作為語言藝術的賞翫，或作為文學競技的優劣，更成了某種心理諮商與療慰的媒介載體。讀者同歡同憂，作者同情共感，終至手舞之而足蹈之。雖不全然一樣，但這樣讀詩的風氣時尚，某種程度呼應了過去對「詩」最古老的定義：

> 風以動之，教以化之。詩者，志之所之也。在心為志，發言為詩。情動於中而形於言，言之不足故嗟嘆之，嗟嘆之不足故永歌之，永歌之不足，不知手之舞之足之蹈之也。（〈詩大序〉）

近代的抒情傳統研究者，如林庚、陳世驤、高友工，他們關注《詩》的「興」或「言志」，大抵都從〈詩大序〉的定義而來。如言說的姿態，分行的節奏，詩歌呈現出停頓與飛躍間獨特形式。當然，古詩不同於現代詩，要拿《詩經》來定義現代詩，那是拿先秦的劍斬現代的詩人。但若回到「人秉七情，應物斯感」（〈明詩〉）的年代，回到陸機〈文賦〉中的「姿」與「語言」的辯證：

> 其為物也多姿，其為體也屢遷。其會意也尚巧，其遣言也貴妍。暨音聲之迭代，若五色之相宣。

習翫為理，事久則瀆，文體的通變是固然之理，但隨著每次的革變也必然引戰護航一輪。君不見當年著名的古文運動、新樂府運動、前後七子的復古，以至於民初的文學改良芻議，說到底就是這麼一回事。

文學史的流變代際，那可能又是另外一個故事，先不開外掛回頭講新世代詩人。就我所側面認識，這一輩作者時常宣稱強調其身心的「病識感」，潘柏霖鮮少出席演講，徐珮芬演講據聞要燈光盡滅，宋尚緯也經常自剖暗黑過往。但這種同情理解所召喚的受眾狂粉，可能是出生於九〇年末千禧年初的讀者。對年輕讀者來說，八、九〇

年代經濟奇蹟，錢淹腳目的好時代俱往矣。布爾喬亞文青的為賦新詞掰掰了，換來的是如今一切向下沉淪，逆風難飛的鬼島日常。一切的勞動與努力都付諸臨時或派遣，墮入致鬱情結裡消磨殆盡，遍體鱗傷的讀者需要調度另一種風格的文學。更理論來說可能是後現代強調的輕薄、去中心和無厚度，更直接來說可能就是批評者所謂的幸運餅籤詩或心靈勵志小語。

詩是什麼當然是大哉問，但歪打正著，新世代的詩人與讀者之關係，可能正是《文心雕龍・風骨》說的「化感之本源，志氣之符契也」、「怊悵述情，必始乎風」。文學作品的流行仰賴讀者的感染力，而這即是《詩》沿波討源所得出的理論核心。但也像曹丕的那句老話，文人相輕、貴圈內戰實在不是什麼新鮮事，對文學作品的鄭衛之辯、雅俗之爭，更是淵遠流長。我就舉一段《淮南子・知音》文中論「知音」的段落：

昔晉平公令官為鍾，鍾成，而示師曠。師曠曰：「鍾音不調。」平公曰：「寡人以示工，工皆以為調。而以為不調，何也？」師曠曰：「使後世無知音者則已，若有知音者，必知鍾之不調。」

以下純粹亂翻，如有雷同肯定巧合。話說晉平公造了一枚現代鍾，找樂壇大神師曠瞧瞧，師曠跟平公說這鍾造得很爛，平公問「可是我們這邊很多人都說好，每天為你敲響一次晚安鍾，流量高達幾萬人，這樣你都敢嘴嗎」？師曠回說「我說爛就是爛。如果以後有知音者，理解這鍾真的沒調準，哩就災了」。《文心雕龍・知音》篇專門談評論家的素養與偏見，「知音」即典出於此。

如果從更迢遠的歷史縱深來看，每一代的評論家都難免對當代的時尚與文學口味有所反思。文學的美感，繼承的道統，藝術的重量，俚俗與雅正重層辯證，在在糾結著每一代的寫作者與評論家。只是無奈的是，每逢貴圈內的茶壺風暴，難免淪為弱弱相殘，被鄉民譏訕酸酸地問一句：「他們在爭什麼？」每一代文人都有心目中的美學和典範，而這樣的典範卻不斷被翻轉被置移。如果熟讀中學國文課本，我們熟悉不過的古文運動，其實就建立在對六朝輕豔美學的反抗與革新。但革新的惡果就表現在我們的命題作文評分標準的言之有物。從此以文載道的大傳統幽魂，永遠成為我們文學

教育內核最難也最硬的一塊。

卡爾維諾在《給下一輪太平盛世的備忘錄》的〈輕與重〉這章，有一個說法：我們會認為富有寓意、沉重的文學作品才是好的，是來自於現實人生的無解與沉重。但那些真正輕的、日常之物，如女巫的水桶與掃帚，才是真正讓她們飛翔之物。雅與俗、輕與重或許是個複雜的命題，但我們已經距離古文運動那麼遠了，文學讀者已經如此稀薄了，世間東抹西塗手，各位獅潭師曠們還要等待知音到何時呢？

36 古代出版業實錄（6）

——「清明上河圖」與《東京夢華錄》

我在過去的文章中提到不少次關於古典時期偏安時代小朝廷，和當前台灣和中國大陸的對照關係。而《東京夢華錄》這部成於南宋的傷逝之書，也曾經在《讀古文撞到鄉民》裡介紹過。

我在批踢踢看到一宋史大神，將被稱為「一圖一錄」（一帶一路）（我來亂）的「清明上河圖」與《東京夢華錄》合而論之。確實，這兩部藝術作品在南渡後流傳的動機很類似，都是南朝士族對北方淪喪、家國傾覆與好時光不再的感傷，並試著在作品裡將過往的記憶保存下來。將這樣弔古傷今的題材投影回唐朝，那大概就是杜甫的〈江南逢李龜年〉或劉禹錫的〈金陵五題〉這一類詩歌。

而另外一個與故宮有關，由來已久的爭端，就是故宮所珍藏的「清明上河圖」其

實是由清宮的繪師重製再現的清院本，並不是當年張擇端的真跡，但事實上清院本比仇英本、張本都來得技術更高，且更重要的是，所謂的一圖一錄，重點並不是在於其畫工技術或書寫美學，而是他帶給南朝遺族的緬懷與撫慰。

我們從頭來讀一遍孟元老《東京夢華錄》的自序，大概就能理解一二：

僕從先人宦遊南北，崇寧癸未到京師，卜居於州西金梁橋西夾道之南。漸次長立，正當輦轂之下，太平日久，人物繁阜，垂髫之童，但習鼓舞，班白之老，不識干戈，時節相次，各有觀賞。燈宵月夕，雪際花時，乞巧登高，教池游苑。舉目則青樓畫閣，繡戶珠簾，雕車競駐於天街，寶馬爭馳於御路，金翠耀目，羅綺飄香。新聲巧笑於柳陌花衢，按管調弦於茶坊酒肆。

孟元老說他轉大人的青春時光，也恰巧是北宋最繁華太平的鎏銀歲月，由於大家樂而忘憂，每天都在搞什麼大腸花太陽花（不好意思我亂講的），每逢佳節美日，必當出門遊賞，目睹汴京的繁華勝景，太平殘夢：「燈宵月夕，雪際花時，乞巧登高，教池游苑。」抬頭看就是青樓畫閣，金錢豹和天上人間，應接不暇。滿街都是寶馬奧迪和瑪莎拉蒂，到處到是妹子的銀鈴笑聲和金粉香氣，簡直真的就是「天上人間」的具象化。

除此之外，北宋末期的汴京城也是美食之都，什麼雷恩小當家黑暗料理界都跑來這邊開店，米其林一二三星餐廳都不知道開了幾間：

> 八荒爭湊，萬國咸通。集四海之珍奇，皆歸市易，會寰區之異味，悉在庖廚。花光滿路，何限春遊，簫鼓喧空，幾家夜宴。伎巧則驚人耳目，侈奢則長人精神。瞻天表則元夕教池，拜郊孟亭。……僕數十年爛賞疊遊，莫知厭足。（《東京夢華錄》）

夜夜笙歌的有之，酒池肉林的有之，每晚廝混夜店通宵達旦有之。這書簡直不像東京夢華錄，根本快變成東京熱型錄了。如果照我的解釋，孟元老形容他這幾十年間目睹的開封城，就像一座大遊樂場，大迪士尼，而且是布希亞的理論——迪士尼擬像

出一個童話世界，讓北宋的居民遺老，忘記這個世界其實本質上就是一座大迪士尼。最後擬像的世界內爆了，假做真時，一切都像幻夢似的：「一旦兵火，靖康丙午之明年，出京南來，避地江左，情緒牢落，漸入桑榆。暗想當年，節物風流，人情和美，但成悵恨。」

暗想流年偷換，化成淺酌低唱，我覺得最感傷的可能不是欽徽二宗遭北擄，靖康之難都城南遷，而是這些在青春場所裡虛擲的時光，如今想來竟然都是恨憾與悵然，此情可待成追憶，但等到它真的變成只能追憶的時候，又有幾人承受得住？自序的最後一段《東京夢華錄》為這本書的標題找了一個解釋：

近與親戚會面，談及曩昔，後生往往妄生不然。僕恐浸久，論其風俗者，失於事實，誠為可惜，謹省記編次成集，庶幾開卷得睹當時之盛。古人有夢遊華胥之國，其樂無涯者，僕今追念，回首悵然，豈非華胥之夢覺哉。目之曰《夢華錄》。然以京師之浩穰，及有未嘗經從處，得之於人，不無遺闕。倘遇鄉黨宿德，補綴周備，不勝幸甚。

外省第一代們聚在一起，談起他們的神州想像，但外省第二三代的記憶已經模糊淹留了，所以孟元老用了夢遊華胥這個典故，取了「夢華錄」這樣的書名，真的很想替他以及那一代的北宋遺老，點一首那英「早知道是這樣／像夢一場」給他們。有一種想見想懷想不能的傷痛，有一種逐漸母湯的感受還留在南宋遺民心中，因此只能想著過去的溫存，讓自己在南方不會冷，於是才有了這部神書《東京夢華錄》。

據說在南宋時這本《東京夢華錄》與「清明上河圖」那是人人競寫，家家傳錄，所以真跡與否，說到底根本沒那麼重要。這一圖一錄就好像是最後的銅像和紀念碑，讓遺老們可以遙想屬於自己的青春時光，自己的神州故國。這簡直像當年的外省老兵，去國軍英雄館聽來聽去就是「四郎探母」這一段折，誰唱誰演根本不知道，重點是楊四郎那一段，「我好像籠中鳥有翅難飛」，英雄遲暮落下思鄉淚。

「死於安樂」是句過時的濫調，但我還是時常想起那個「垂髫之童，但習鼓舞，班白之老，不識干戈」的時代，我們看世足決賽的克羅埃西亞隊，新聞介紹球員童年時躲避戰火的顛沛流離，這是我們厭世小時代難以想像的經驗。但身處大國前線、火藥

庫中央的我們一輩，誰又能保證這樣的長治久安可以維持多久呢？這可能是歷史課與國文課本裡永遠沒法教的事。

37 古代出版業實錄（7）

——出書拿去蓋泡麵？泡麵還沒發明時蓋什麼？

這幾年書市衰頹，出版業萎縮，除了寫作者憂心忡忡、出版人寡歡鬱鬱之外，有個老哏貌似也好幾年沒人講了。以前出書或作者自謙，或師友相謔，有時會冒出來一句說「等你出書，記得送我一本蓋泡麵」。如今汗牛充棟，疊床架屋，二手書市場活絡不消說，不少書更斷然走向非實體電子化，泡麵固然還是要吃，但可以蓋泡麵的東西太多了，這才發覺發現書也沒有那麼實用，此正鄉民說的，無心插柳柳橙汁，書到用時畢書盡（又在公啥小）。

但言歸正傳是說，這個「出書拿來蓋泡麵」的概念，倒不是泡麵發明之後才有。我們現在有個成語曰「覆瓿之作」，其實正是古文版「蓋泡麵」的意思。這個邏輯最早是東漢大儒劉歆拿來打臉揚雄用的：

> 鉅鹿侯芭常從（揚）雄居，受其《太玄》、《法言》焉，劉歆亦嘗觀之，謂雄曰：「空自苦。今學者有祿利，然尚不能明《易》，又如《玄》何？吾恐後人用覆醬瓿也。」雄笑而不應。（《漢書・揚雄列傳》）

我們之前介紹過兩漢經學的今古文之爭，當時經學乃是利祿之途，因此經師多熱衷於五經考注，但揚雄所著《太玄》、《法言》二書並非經注之書，尤其《太玄》算是《易經》的續衍。所以劉歆嗆揚雄嗆得很大聲，說「我怕你這本被後代人拿去蓋醬缸」。其實劉歆也不是真的在大聲什麼，是真心為揚雄才華感到惋惜。但揚雄也豁達，想人生短短幾個秋，不蓋不罷休，拿去蓋醬缸醃泡菜就Let it go吧，於是只是笑而不答，一切盡在不言中。

當然這種謙虛版本之外的，也有拿「覆麵之作」來嗆人的，譬如陸機與左思，這兩位西晉太康時期作家就有一段恩怨：

> 陸機入洛，欲為此賦（〈三都〉），聞（左）思作之，撫掌而笑，與弟雲書：

「此間有傖父欲作〈三都賦〉，須其成，當以覆酒瓮耳。」及思賦出，機絕嘆服，以為不能加也。（《世說新語．文學》）

陸機到洛陽後原本構思來寫一篇〈三都賦〉，但一聽說左思也在寫，心情不美麗，但卻又看不起左思，於是寫信給弟弟陸雲說：「我最近聽說洛陽這邊也有個老番癲想寫〈三都賦〉，最好他能寫得出來啦，簡直笑鼠我，等他哪天真的寫出來我就拿來蓋酒甕釀酒用。」後來的故事大家就知道了，左思寫成〈三都賦〉，一時貴族競寫，洛陽紙貴，陸機看了慚愧到吃手手，發現自己可以不用再寫，大家可以回家了。（我好像隱約聽到小玉的聲音）（你們可以回去了，我來主持就可以了）。

好的，寶傑，從此之後「覆瓿」或「覆酒」就成了自謙或輕賤別人文章的概念，一直延續到如今的蓋泡麵，只能說文人相輕自古皆然，出書蓋泡麵的黑歷史淵遠流長，乃我國固有之優良傳統。爾後「覆瓿」成了一種文人自我表述與自我厭世的標榜，譬如宋代陸游的這首詩：

老嘆交朋盡，閑知日月長。著書終覆瓿，得句漫投囊。霜樹昏鴉黑，風簾小蝶黃。村醪如水薄，也復答年光。（陸游〈秋晚寓歎〉）

「著書終覆瓿」典出於此，而「得句漫投囊」則出自我們之前也介紹過的李賀軼事。李賀騎一巨驢，輒有所得則將佳句投入背囊，返家後才整理成詩。「投囊」與「覆瓿」成了一個寫作者孜矻不倦卻滿紙血淚荒唐的最佳寫照。又譬如唐伯虎的這首詩，同樣用這兩個典故：

燈火蕭蕭歲又除，盤餐草草食無魚。衰遲日月辭殘曆，憔悴頭顱詠後車。一卷文章塵覆瓿，兩都蹤跡雪隨驢。明朝轉眼更時事，細雨荒雞漫倚廬。（唐寅〈除夜坐蝶峽齋〉）

文章盡覆瓿，履跡在風雪驢背上，於是才真正構建成了一個孤獨寫作者的蒼茫形象。這幾年面臨書市衰頹冰風暴，其實就我所知的出版業界，也因應此窘境有了各種因應的措施。因為書作為載體不再有吸引力，於是就轉換形式與媒介；因為讀者對文字耐受力低弱，於是改為直播視頻影像或Vlog；抒情傳統與純文學寫作讀者流失、受眾式微，出版社開始教作者更貼近讀者，走向體驗經濟；或誘勸寫作者改弦更張，有一技之長的作者出教學書、普及書或專業知識書；專職的寫作者除了純文學之外，有時還得出隨筆散文或旅遊美食札記。

對於此轉向我絕無指摘，反倒還有些樂觀其成。在古典時期那個閱讀與出版尚不是產業鏈的時代，文士就已經有「藏諸名山」或「覆瓿蓋酒」之自厭，更何況身處現今這個媒介多元，載體絢爛斑駁的時代。只是無論媒介如何轉變，受眾如何稀缺，自古迄今的某些寫作者，有時候難免有一種孤絕的情調，熱衷背向讀者的風骨。那是與整個世界作對，刪詩焚稿，將一卷文章盡付醬缸酒甕的決絕——換成現在，大概就是送回造紙廠打碎成汁漿做成再生紙了……

或許這麼多年過去了，寫作者終究得面臨高冷與媚俗的拉扯，想要大受讀者歡迎或達成自我文學實踐，有時就是如此兩難，但我覺得無論哪種選擇都好，都是一個寫

作者經歷深思熟慮後的堅持與妥協。名豈文章著，歪詩覆酒瓿，說起來寫作不就是這麼一回事了嘛？

38 古代出版業實錄（8）

——人生短短幾個秋，寫完賦還要唱首歌

之前台北市長候選人的辯論會，一號候選人吳萼洋在辯論會結束時間還沒用完之前，冷不防清唱一首〈愛江山更愛美人〉，瞬間成為網路熱議話題。但鄉民們可能不知道，這種在一長串辭語鋪排之後繫詩或繫歌作為收束，並且以清唱作為結尾的格式，在先秦以降的辭賦裡很流行，且被認為是合於禮教、寓於諷諫，猶如蜂蜜檸檬般適用的黃金體制。

當年戰國美男子宋玉V.S.龍騎士登徒子的著名一役〈登徒子好色賦〉，最後還有一段，由章華大夫提出他心目中的美女形象，而這段原文是這樣：

大夫曰：「唯唯。臣少曾遠遊，周覽九土，足歷五都。出咸陽，熙邯鄲。從容

鄭衛溱洧之間。是時向春之末，迎夏之陽。鶬鶊喈喈，群女出桑。此郊之姝，華色含光。體美容冶，不待飾裝。

臣觀其麗者，因稱詩曰：「遵大路兮攬子袪，贈以芳華辭甚妙。」於是處子怳若有望而不來，忽若有來而不見。意密體疏，俯仰異觀，含喜微笑，竊視流眄。復稱詩曰：「寤春風兮發鮮榮，絜齋俟兮惠音聲，贈我如此兮不如無生。」

來，老師音樂請下，「人生短短幾個秋／不醉不罷休／東邊我的美人哪（正採桑葉）／西邊黃河流」，章華大夫看到一群採桑工作中的正妹，一看就看到其中一個最正的，跳上前來搭訕，但人家畢竟是大夫水準比較高，不是說「安安幾歲住哪ㄩㄇ」這種低俗哏，而是先引用一首詩，說不要看我蛇蛇一條，我也想牽著小姐姐的袖子走在大街上，想要為你寫詩為你靜止，為你做不可能的事。正妹此時才注意到他，想說有個怪叔叔在那邊為我唱歌，警察叔叔就是這個人。章華大夫看妹對他好像有點意思，卻又不跟自己發生更進一步的關係，我是指更進一步的友誼關係，於是唱了第二首蜂蜜加檸檬之歌，「寤春風兮發鮮榮，絜齋俟兮惠音聲，贈我如此兮不如無生」，翻譯就是我都已經洗洗睡等你的簡訊了，如果你真的要這樣已讀不回，我乾脆一槍斃命死了算了。

喂喂不對耶，你才剛認識人家大概十秒左右，現在是在玩街頭邱比特嗎？一般認為章華大夫代表的愛情觀，就是一種發乎情止乎禮儀、以禮自防的三觀。而這樣的價值觀放在〈登徒子好色賦〉的最後，就是所謂的「曲終奏雅」，希望能提醒並諷諫君王不可耽溺聲色情慾，而必須勵精圖治。

如這般引詩獻歌的體制，就成為其後「賦末繫歌」的濫觴，更影響到漢魏六朝的辭賦，像班固的〈兩都賦〉最末有「辟雍詩」、「靈臺詩」等五首，而謝惠連的〈雪賦〉描寫司馬相如、鄒陽輪流辯論，到最後由鄒陽來清唱、枚乘作亂辭：

> 歲將暮，時既昏。寒風積，愁雲繁。梁王不悅，游於兔園。迺置旨酒，命賓友。召鄒生，延枚叟。相如末至，居客之右。……相如於是避席而起，逡巡而揖。曰：「……」鄒陽聞之，懣然心服。有懷妍唱，敬接末曲。於是迺作而賦積雪之歌，歌曰：「攜佳人兮披重幄，援綺衾兮坐芳縟。燎薰鑪兮炳明燭，酌桂酒

兮揚清曲。」又續而為白雪之歌，歌曰：「……」歌卒。（梁）王迺尋繹吟翫，撫覽扼腕。顧謂枚叔，起而為亂。

〈雪賦〉可說是謝惠連的一種新創作，他想像過去的貴遊集團互相贈答酬作的實況，進而再現他們的集體共作，賦前有序說明了參加這場賦雪歌辭辯論會的成員，包括司馬相如、鄒陽與枚乘。相如先作〈雪賦〉，鄒陽心服之後唱了〈積雪之歌〉與〈白雪之歌〉（蕚洋尼輸惹，人家一次唱兩首），最後枚乘再做亂辭，亂辭同樣用的是楚辭體「兮」字句，是可歌可詠、表達出情感的迴環往復與沉吟。

在辭賦的流變史中，「賦末繫歌」與「繫詩」是一個常見的體類，譬如南朝文人的〈採蓮賦〉，大多設定由採蓮女最後來唱個〈採蓮曲〉總結，這當然有文人的情慾想像，但也將這樣以歌作結的體制發展到了極致：

於時妖童媛女，蕩舟心許。鷁首徐回，兼傳羽杯。棹將移而藻掛，船欲動而萍開。……荇濕沾衫，菱長繞釧。泛柏舟而容與，歌採蓮於江渚。歌曰：「碧玉小

家女，來嫁汝南王。蓮花亂臉色，荷葉雜衣香。因持薦君子，願襲芙蓉裳。」（蕭繹〈採蓮賦〉）

不過我們之前也有談過，像這種〈採蓮歌〉的人物形象設定，大多是小家碧玉的平民女孩，愛慕尊爵不凡的貴遊公子，但又礙於階級不敢告白的自high幻想，愛江山又愛美人，但尼有想到美人也愛你嗎？醒醒吧，並沒有，所以這種幻想詩其實就有點像八卦版的妹妹文，看看就好了。

但我覺得重要之處在於如此的體例，而後成為辭賦的關鍵格式，因此在大家很熟悉的蘇軾〈赤壁賦〉裡，才會有「於是飲酒樂甚，扣舷而歌之。歌曰『桂棹兮蘭槳，擊空明兮溯流光。渺渺兮予懷，望美人兮天一方』」如此這般有些突兀的橋段。這樣楚辭體的運用，唱詞與辭賦的結合，其實歷史淵遠流長。謝謝天，謝謝地，謝謝蜂蜜檸檬讓這樣古老的體制重現被運用在現代生活中，讓我們體會到辭賦「曲終奏雅」之微妙與精髓，謝謝大家。

李賀騎驢採集
李賀繼續採集
嗯嗯，這句不錯喔，很Skr
到底寫夠了沒？
踹飛

附錄

杜甫V.S.東坡——沒有最魯只有更魯

杜甫與他的厭世人生

——〈旅夜書懷〉

我初次看到盤旋成群的鷗鳥，是在日本京都北方的一個名字叫宮津的鄉城。有日本三景之稱的「天橋立」就在一站之隔。那約莫是趕據點的旅次間隙時光，我和旅伴乘著觀覽船，才出港就看到成群海鷗就繞著船逡巡飛行。我到這時才恍然，剛剛底下船艙賣的、一包一百日圓的蝦味先，原來不是給乘船遊客的零嘴，而是餵食海鷗專用。

由於水面風急、氣溫接近零度，鮮少遊客來到甲板，僅只三兩水手服未褪的花樣少女拿著零食拋扔餵食海鷗，我也就這麼枯坐甲板，怔怔望著數十隻鷗鳥圍繞著觀光船來回飛翔，然後想到白樸那首，各版本課本裡都可能有選錄的著名散曲：

黃蘆岸白蘋渡口，綠楊堤紅蓼灘頭。雖無刎頸交，卻有忘機友，點秋江白鷺沙

鷗。傲殺人間萬戶侯，不識字煙波釣叟。（白樸〈沉醉東風〉）

上面這首曲的「忘機友」、「點秋江」兩句，實是倒裝，指的就是白鷺和沙鷗勝卻刎頸生死之交。在古典詩詞中，鷗鳥其實是個慣見的典故，出自先秦典籍《列子．黃帝》：

海上之人有好漚鳥者，每旦之海上，從漚鳥游。漚鳥之至者百住而不止。其父曰：「吾聞漚鳥皆從汝游，汝取來，吾玩之。」明日之海上，漚鳥舞而不下也。

故事說有個人住海邊管很大，堪稱海上德魯伊，每天早上都去海邊人鷗戀（我亂講的），每天玩海鷗好不快樂。但情節發展到了這時，竟然峰迴路轉，出現一個意想不到的人物鬼父登場了。這位海邊德魯伊的老爸說：拜託也幫你爸抓一隻來玩如何？於是海鷗德魯伊隔天再去，鷗鳥發覺了他身懷不純正的機心，於是再也不飛下來與之嬉戲。

在去宮津之前，我對此典故或許深信未曾有疑，但直到目擊那滿天鷗鳥為了蝦味先而繞行啄食，這才對這持之有故的鷗鳥無機心的故事，有了全新的體會。

不過凡存在必合理，至少這個典故就那麼淵遠流長進入了詩歌派勢，眾所周知杜甫有一首〈客至〉，開頭兩句「舍南舍北皆春水，但見群鷗日日來」，用的同樣是《列子》這個哏。我還記得〈客至〉最末兩句是「肯與鄰翁相對飲，隔籬呼取盡餘杯」，集評說此鄰翁「酒半可呼，亦鷗鳥之類」，理當也是無機心的人，但教到這首詩，我想到的卻是喝人家喝剩的酒似乎有間接接吻的嫌疑，更肯定會有得ＡＢＣ型肝炎的風險無誤。

總之要論杜甫的〈旅夜書懷〉這詩，前提必須先了解「鷗鳥」此一意象在詩歌典故裡的流變。我初次聽聞「天地一沙鷗」這個詞，是緣由國小課本選了七〇年代李察・巴哈（Richard Bach）的《天地一沙鷗》，此後我一直誤以為杜甫自比岳納珊（不是《笑傲江湖》的岳靈珊），多年後才幡然驚覺，肇因當時翻譯水準太優美典麗，動輒《亂世佳人》、《遺悲懷》如此搬翻過來就套用。

至於要解釋〈旅夜書懷〉這首詩如何呈現出杜甫與其厭世人生，我以為必須得從杜甫生平作一個概論地介紹。

杜甫生於唐睿宗景雲三年（七一二），卒於唐代宗大曆五年（七七〇），對唐詩稍有領略的讀者都知道，唐詩分為初盛中晚，杜甫當然是盛唐詩人，且更大器的中國詩歌史大概會認為，杜甫吸納了初唐以前的詩歌精華，而中唐後的詩人又努力仿擬杜甫，換言之，他就是古典時期詩歌的中心。不過更進一步細究所謂的唐詩分期，其實盛唐與中唐的界線向來模糊，有一說是以西元七六五年為界（即杜甫離開四川，寫〈旅夜書懷〉的這一年）。但我前幾年有幸參加一唐詩讀書會，聽吾友也是師大國文系徐國能教授的觀點，徐教授認為中唐的開始應該是西元七七〇年，因為就在那年，詩歌史中最偉大的詩人杜甫過世了。

一個詩人的隕落，一個時代的結束與誕生。這有多關鍵，有多傷悼，又有多警醒。

根據現存史料，杜甫年輕時曾南遊吳越、北遊齊趙，過著輕狂消散、獻賦無成的生活。其實那時唐代文士流行Gap Year，杜甫也曾與較他年長的李白、王之渙有共同遊歷的紀錄。只是杜甫任官甚晚，根據賴瑞和《唐代基層文官》一書：唐代士人約三十五歲之後通常進階為中階文官。杜甫三十多歲，終於到了東宮當起一個名字很長、實際上卻仍是基層的官，叫「右衛率府冑曹參軍」。到了四十四歲那年（七五五），「安史之亂」爆發了，這是杜甫生命中最大的轉折，也是整個唐朝一整代人的劇變。

至德二年（七五七），杜甫至陝西鳳翔投奔肅宗，被封為左拾遺，這仍是一個八品的基層官職，但是由於親近皇帝，頗有清譽。隨後因上疏救宰相房琯被貶，再後來到了四川投奔節度使嚴武。而〈旅夜書懷〉的繫年在唐代宗永泰元年（七六五），就在這一年的四月，庇護杜甫的嚴武過世了。隨即五月杜甫就離開成都，一路乘舟南下，經嘉、戎、渝、忠等州，至雲安，浮家泛宅，以船為家，這一年距離杜甫病逝也只剩下五年。

這麼來看〈旅夜書懷〉這首詩，那真是一種窮途末路、四顧茫茫的荒涼與蒼茫。如果說這「一沙鷗」就像天地間最後純潔的意象，真讓我想起香港填詞人黃偉文在雨傘革命時期填的那首〈家明〉，「無力協助他嗎／也願你任由他／騎著世上最終一隻白馬」那樣的含辛茹悲。

細草微風岸，危檣獨夜舟。星垂平野闊，月湧大江流。名豈文章著，官應老病休。飄飄何所似？天地一沙鷗。（〈旅夜書懷〉）

因為是旅夜，這首詩當然是寫夜景，而首聯寫近景，頷聯寫遠景，最後四句則由景入情，說起來這不過是律詩的典型格體，沒什麼值得特別說明，過去詩話集評普遍都推崇此詩的頷聯，尤其是「月湧」這樣奇特的、將月光與江水結合成一淒迷幻景的意象。高棅說「等閒星月，著一『湧』字，夐覺不同」；謝榛說「子美『星垂平野闊，月湧大江流』，句法森嚴，『湧』字尤奇」；胡應麟說這兩句詩實則由李白詩脫胎換骨而來：「『山隨平野闊，江入大荒流』，太白壯語也；杜『星垂平野闊，月湧大江流』，骨力過之」；金聖歎更說什麼「千錘萬煉，成此奇句，使人讀之，咄咄乎怪事矣」。

但我覺得這首詩之悲摧與呼喊，以及其最厭世之處，其實更該是頸聯的「名豈文章著，官應老病休」兩句。我們知道杜甫號「少陵野老」，若文學史提到「老杜」、「此老」等字眼，必定不會是講杜老爺而是指杜甫。但根據前述生平，杜甫離世時不過得年五十八歲。好似從「安史之亂」後，杜甫的形象就伴隨著「老」與「病」一齊出現。

我也讀過坊間的一些醫療與人文的普及著作，書中對杜甫到底罹患了什麼病，有過各種推測。比較明確的是杜甫曾經自述「我多長卿病，日久思朝廷」，因為司馬相如得到的糖尿病很有名，所以杜甫肯定是有糖尿病無誤。至於如「自經喪亂少睡眠」等等，各種慢性失眠，躁鬱，精神官能症，睡眠障礙和思覺失調，如果將之與其詩一一比對，倒也未必算得上誤診。

相較起來，〈旅夜書懷〉可能還算不上杜甫最厭世的詩歌。他的大志難伸，他的抱負難平，我們都看在眼裡。我覺得更真的是他那些生活實錄，什麼「百年多病獨登台」、「親朋無一字，老病有孤舟」，以及這首詩的「官應老病休」，我相信那都不會是酸諷或反串，都是真真實實的自怨、自憐、自棄與自厭。這樣的詩風若真要對應到當代八、九年級新生代詩人，那肯定是宋尚緯、徐珮芬、任明信或潘柏霖之流，我有時跟學生玩笑話唬爛，說當時的《杜工部詩集》若編撰者加個主標，恐怕就是潘柏霖同名作《我討厭我自己》了。

這麼來看，這最末的「天地一沙鷗」，那何止是與老杜相似，根本就是他終其一生的形象測繪。

其實〈旅夜書懷〉最末的以鳥自喻，除了用《列子》的典故，也有一文學傳統，可能可以上溯到西漢賈誼的〈鵩鳥賦〉，在賦中賈誼寫一隻無端入室的怪鳥，「鵩集余舍，止於坐隅，貌甚閒暇。異物來崒，私怪其故，發書占之，讖言其度，曰『野鳥入室，主人將去』」，於是乎鵩鳥與賈誼就在想像中有了一場關於生死禍福、人生造化的道家式辯證，此後禽鳥託志成了辭賦核心的傳統，在蕭統編纂的《文選》中還收錄禰衡〈鸚鵡賦〉、張華〈鷦鷯賦〉，大抵都是如此脈絡。

在杜甫此詩的沙鷗自擬後，另外一個著名的，同樣懷才不遇同樣以禽鳥自喻的大詩人，即是我們也很熟悉的蘇東坡，以及他的那首謫居黃州時所作的〈卜算子〉：

缺月掛疏桐，漏斷人初靜。但見幽人獨往來，縹緲孤鴻影。

驚起卻回頭，有恨無人省。揀盡寒枝不肯棲，寂寞沙洲冷。

這首詞中的孤鴻揀盡寒枝、最後寧缺勿濫、選擇降落在寂寞沙洲，「沙洲」在古詩裡經常象徵進退無依，周旋不能的窘迫，我私心臆度東坡的這個意象，或許日後成了歌手徐佳瑩〈失落沙洲〉的靈感來由。

總之這就是杜甫，與他所測繪出的那隻看似翱翔天地之間，卻其實漂泊零落，無枝可依的沙鷗。牠是如此的厭惡機巧，如此的真心不騙。他終其一生要致君堯舜上，建金石之功，怎麼也不想只當一個詩人以文章留名。但現實世界的身不由己，花果飄零，卻又如此糾纏著杜甫。除了鷗鳥沒有別的更像杜甫的意象，他只能是一隻蒼茫無依的鷗鳥，比誰都疏離於這世界，卻又比誰都對這世界充滿愛和執著。我常常在想這可能就是杜甫給我們最重要的意義。一個比誰都厭世，卻又比誰都依戀世界的偉大詩人——即便他自己一點也不想就只是這樣的一個詩人。

長恨此身非我有

——曠達與不曠達的東坡

前面一篇我們提到了東坡那首著名的〈卜算子〉，大概表現出東坡的自尊與自傲。其實關於咱們蘇大學士蘇東坡到底算不算一個豁達的人，擁有豁達的人生觀，我在之前的作品《讀古文撞到鄉民》就有過辯證。去年我很榮幸受到趨勢教育文化基金會的執行長陳怡蓁邀請，參與了一場關於蘇東坡的講座，也讓我有機會重新閱讀了一次蘇東坡的生平與經歷。

我們大致上知道蘇軾和弟弟蘇轍同年及第，當時他才二十一歲，堪稱少年得志。接著他們倆因母喪丁憂回到故鄉四川眉山。接著蘇軾、蘇轍到了汴京，通過殿試，蘇軾被派到鳳翔任簽判（類似現在縣長的祕書長），於是他寫了〈和子由澠池懷舊〉與弟弟唱和，就是著名的雪泥鴻爪的典故來由。

那時候的青年東坡還未經歷過烏臺詩案等一連串的人生磨難，詩的結尾他說的是「往日崎嶇還記否，路長人困蹇驢嘶」，回想兄弟兩人赴京趕考，夜宿僧房的情境，這幾年我重讀這句詩，總讓我想起李宗盛〈山丘〉裡的歌詞，「越過山丘／才發現白了頭」。少年時我們一生懸命要追求某個理想境界，為伊消得人憔悴，但越過山頭這才發現一切都迢迢路遠，也像張懸的歌，「得到的都是僥倖，失去的都是人生」。當時的東坡所歷所見，與他往後的人生起落跌宕相比，這實在算不上崎嶇。

後來東坡因烏臺詩案入獄，本將就戮，於是他寫下絕命詩。爾後到了黃州，他也寫下充滿感慨的〈寒食雨〉，這首詩從各種角度來看，實在也說不上豁達：

自我來黃州，已過三寒食。年年欲惜春，春去不容惜。今年又苦雨，兩月秋蕭瑟。臥聞海棠花，泥汙燕支雪。闇中偷負去，夜半真有力。何殊病少年，病起頭已白。春江欲入戶，雨勢來不已。小屋如漁舟，濛濛水雲裏。空庖煮寒菜，破竈燒濕葦。那知是寒食，但見烏銜紙。君門深九重，墳墓在萬里。也擬哭途窮，死灰吹不起。

春天到了盡頭又梅雨綿綿，真的讓人覺得很阿雜。而這首詩最末的此處所謂的「也擬哭途窮，死灰吹不起」，其實用了我們前面介紹過的、竹林七賢中阮籍的典故：

阮籍當葬母，蒸一肥豚，飲酒二斗，然後臨訣，直言「窮矣」，都得一號，因吐血，廢頓良久。（《世說新語・任誕》）

（阮籍）時率意獨駕，不由徑路，車迹所窮，輒慟哭而反。（《晉書・阮籍傳》）

「窮」在古文固然也有我們現在貧窮的意思，但多半是當作「盡」來解。因此，那真的是一個窮途末路，再無生機的衰敗景象。我每每跟同學講述到這段，都想起阮籍在路的盡頭，仰天長嘯，大喊「我ＧＧ惹」的悲痛與悲涼。我在《讀古文撞到鄉民》就寫過東坡，當時說他出於對世界的愛與執著，讓他成為一個最放不下的人。但我反覆重讀這些詩詞，我覺得豁達其實不是一種絕對狀態，而是一種瞬間的體貼感悟。因此東坡或許仍是一個豁達的人，只是他經常處於告訴自己應當豁達的狀態。就像高中生反覆背誦的，那首成於神宗元豐五年（一〇八二）的〈定風波〉（莫聽穿林打葉聲）：

三月七日，沙湖道中遇雨，雨具先去，同行皆狼狽，余獨不覺。已而遂晴，故作此：

莫聽穿林打葉聲，何妨吟嘯且徐行。竹杖芒鞋輕勝馬，誰怕？一蓑煙雨任平生。料峭春風吹酒醒，微冷、山頭斜照卻相迎。回首向來蕭瑟處，歸去、也無風雨也無晴。

豁達與否是必須放在重大的人生轉折裡去定義，因此，到了黃州第三年，東坡在一場大雨裡有了新的體悟。即便每次讀到「一蓑煙雨任平生」，我還是不免想到東坡與《那些年，我們一起追的女孩》裡柯景騰身影疊合，他在雨中狂奔喊著「大笨蛋」的荒謬景象。比起身世的飄零，枯槁之木，不繫之舟，這場滂沱大雨真的算不上什麼，所謂「驟雨不終朝」，大自然的風雨總有停歇的一刻，但人生波瀾裡的風雨呢？因此我總是會跟同學介紹另外一首〈定風波〉（常羨人間琢玉郎）：

王定國歌兒曰柔奴，姓宇文氏，眉目娟麗，善應對，家世住京師。定國南遷歸，余問柔：「廣南風土，應是不好？」柔對曰：「此心安處，便是吾鄉。」因為綴詞云：

常羡人間琢玉郎，天應乞與點酥娘。自作清歌傳皓齒，風起，雪飛炎海變清涼。萬里歸來年愈少，微笑，笑時猶帶嶺梅香。試問嶺南應不好？卻道：此心安處是吾鄉。

前作我曾經徵引過這首詞，但背景交代的稍微草率了些。這首詞作於元祐元年（一〇八六），蘇軾受到輔政的高太皇太后禮遇，得返入京城。也在這一年，他與同樣受到其烏臺詩案牽連貶至賓州的王定國重逢。蘇軾害人家王定國被貶，不知道有沒有慚愧到吃手手，但王定國與其歌妓柔奴絲毫不以為患，還跟東坡說了句「此心安處，便是吾鄉」的名言。

這幾年書市流行一些心靈勵志書，什麼《哪有工作不委屈，不工作你會更委屈》、《若你委屈自己，任誰都能刻薄你》。委屈好似成了眼前這個厭世代的關鍵詞。

但我總覺得委屈是比較級，轉心動念，此處花開花落和自己有了關聯。我並不是發空言講幹話自以為勵志教主心靈導師，而是人生於世確實有太多自己難以掌控的命運和機緣。長恨此身非我有，身體不是我的，際遇不由掌控，但從來就沒有人告訴我們一定要「過得像怎樣怎樣那麼好」。

生命本來就不是只能過成我們本來想的那個樣子，有時候就算是所謂的「不好」，其實也是一種生活。所謂的過得好或不好，只是一種比較而來的幻想，那麼又何必嫉妒他人的表演，欽羨別人的生活。更何況那可能也不過是社群網頁上的投影。對東坡來說，豁達與不豁達都是一種選擇，一種際遇造就一種選擇，進而成就一種人生。

從結果來論，東坡終究沒有成為他進士及第時想像的那個模樣；他也沒法真正像王定國與柔奴，過著「萬里歸來年愈少」事不關己的生活。如果國文課本告訴我們，要學習蘇東坡的豁達與隨遇而安，那恐怕解讀得太淺顯也太浮泛了。就是因為揀盡寒枝，就是因為死去活來，所以蘇東坡才能成為我們現在看到、讀到、背誦到的蘇東坡。哀吾生之須臾，羨長江之無窮。

我覺得古人的偉大恰巧在於他們其實並沒有那麼偉大的際遇和人生。生活是甜蜜是感傷但都是一種生活。又像哪一本暢銷書說的，善良是一種選擇，善良必須有點鋒芒。我覺得那些在悲壯在枯槁裡透顯出最後一絲絲堅持與任性的古人，最最讓我著迷。他們大多和想像中的古聖先賢很不一樣。但那是一個真正的人，面對真正無常與苦痛的生活，最真實的樣貌，最無畏的人生。

鄉民小辭典

- RPG 名（頁15）：①Role-Playing Game角色扮演遊戲。②某間謎片拍攝公司（那是SOD）。
- Diss 動（頁20）：①嘻哈術語，原文為"Diss-Respect"即不尊重，後衍生成為透過嘻哈Battle的方式互相嘲弄攻訐。②發音念成「地死」，流行語「我沒有地死你啊，我做的是效果」。
- 小黃界阿嶽 名（頁20）：①指計程車界的張震嶽，二〇一八年張震嶽、熱狗擔任「中國有嘻哈」導師，以一句「我覺得不行」名動兩岸三地。②指計程車界的五嶽，所謂五嶽歸來不看山，黃山歸來不看嶽是也。
- 扁維拉 名（頁22）：①指阿扁弊案爆發時，藍媒以扁案轉移新聞話題，被鄉民戲稱以「阿扁又出來救援了」而得名。又，李維拉（Mariano Rivera）為洋基知名後援投手。②後又引申出馬維拉、蔡維拉等不同語法型態。③將洋基救援對手李維拉扁一頓的意思。
- 普雷萬 動（頁22）：①Play one的中文諧音，即遊戲中換手、換人上場之意②造句：遇到別人在暗巷摸大象時可以對他虎吼一聲「普雷萬」。

- 打中路[動][形]（頁27）：線上遊戲術語，指我方隊友分成上、中、下三路進攻。②造句：「統神：『中路在幹嘛裝死喔』」。
- 坦[名]（頁27）：①線上遊戲術語，指血量最厚的角色在前面開路，當成坦克集中敵方砲火。②~~舒坦、舒心的意思。~~
- 打Boss[動][形]（頁28）：①遊戲術語，指打該關卡的大魔王之意。②~~又可以引申為上班不想幹了，去老闆辦公室打他一頓出氣之解。~~
- 大七提之戰[名]（頁30）：①「大七」即BMW大7系列豪華房車；「提」指鄉民神車，台灣地區市占率最高的豐田阿提斯。②二〇一七年逢甲夜市，BMW大7與阿提斯在路上因鳴按喇叭糾紛，因為對撞，鄉民史稱「大七提之役」。
- 這我一定吉[形]（頁40）：①「吉」乃「告」的形似字，即「這我一定會告」的恫嚇語。~~②全家吉祥快樂的新年祝賀詞。~~
- TMD[形][動]（頁54）：①中國大陸用語，髒話「他媽的」的漢語拼音縮寫。~~②同時也是某家上市電子公司的縮寫（沒這回事）。~~
- 移動神主牌[名]（頁65）：①馬路三寶的代稱。②指這些駕駛人已經豁出去視死如歸，但被他們撞到的人也只能一起安心上路。

- 敏鎬體[名][形]（頁77）：①人氣粉專「敏鎬黑特事務所」常用的語體。②韓星李敏鎬歐巴說話的風格
- 苗栗小五郎[名][形]（頁103）：①為動漫《名偵探柯南》角色毛利小五郎之諧音。②與「王重劉德華」、「鍵盤柯南」並列為批踢踢三大奇人
- 正太[名]（頁109）：①指年齡介於八到十二歲之間的可愛男童。②很正的理科太太
- 人帥益生菌[形]（頁112）：①人帥真好的同義詞。②一種腸道消化必備的酵素。
- ㄎㄅ[名][形]（頁127）：①髒話「靠北」的注音簡稱。②讚美的「科科好棒」的注音簡稱
- 大七巴庫[動]（頁155）：①指大七倒車，詳見「大七提之戰」註釋。②巴庫文為庫巴之倒裝，指超級瑪莉遊戲中的噴火魔龍
- 美僵[名]（頁166）：①知名牧師名字的諧音，當年以「用勝利寶劍，斷開魂結，斬斷鎖鏈」，「燒毀」等佈道，宣稱要改造同性戀學生而聞名。②形狀好看的生薑
- 五十路系列[名][形]（頁169）：①日本AV產業的謎片類型之一，由五十歲以上的女優演員來出演的系列。②又可以指50號公車，現已停駛
- 吳益凡 4ni[形]（頁175）：①「吳益凡」即「吳亦凡」之諱稱，吳乃「中國有嘻哈」的音

樂製作人。②4ni即為「是你」的數字英文諧音。

- NTR[動]（頁193）：①NTR是日文「寢取られ」（Ne To Ra Re）的羅馬拼音縮寫，指（某個對象）被人睡走了，與中文「戴綠帽」意近。~~②流浪貓狗絕育計畫（那是「TNR」（Trap Neuter Return））（被毆）。~~
- 富奸[動][形]（頁219）：①指日本漫畫家富堅。②指作者反覆拖稿的形容狀態。（例）：這期專欄你又富奸了。
- 安安幾歲住哪ㄩㄇ[形][動]（頁240）：①「安安幾歲住哪」為遠古MSN時代男女搭訕調情的起手勢。②ㄩㄇ即「約嗎」的注音縮寫。
- Gap Year[名]（頁249）：①相對於過去畢業即就業，現在年輕人喜歡暫時休息一年，無論待業或辭職，赴國外遊學或壯遊，當做人生整理，此即稱為生涯規劃中的"Gap Year"。~~②前往知名服飾店Gap打工遊學一年之意。~~

當代名家・祁立峰作品集4

國文超驚典：古來聖賢不寂寞，還有神文留下來

2019年4月初版
2022年8月初版第四刷

定價：新臺幣330元

著者 祁立峰
插圖 D2
叢書主編 林芳瑜
校對 宇宏
內文排版 林淑慧
封面設計 逗點創制

出版者 聯經出版事業股份有限公司
地址 新北市汐止區大同路一段369號1樓
叢書主編電話 (02)86925588轉5318
台北聯經書房 台北市新生南路三段94號
電話 (02)23620308
台中辦事處電話 (04)22312023
台中電子信箱 e-mail:linking2@ms42.hinet.net
郵政劃撥帳戶第0100559-3號
郵撥電話 (02)23620308
印刷者 文聯彩色製版印刷有限公司
總經銷 聯合發行股份有限公司
發行所 新北市新店區寶橋路235巷6弄6號2樓
電話 (02)29178022

副總編輯 陳逸華
總編輯 涂豐恩
總經理 陳芝宇
社長 羅國俊
發行人 林載爵

行政院新聞局出版事業登記證局版臺業字第0130號

本書如有缺頁，破損，倒裝請寄回台北聯經書房更換。 ISBN 978-957-08-5286-8 (平裝)
聯經網址：www.linkingbooks.com.tw
電子信箱：linking@udngroup.com

國家圖書館出版品預行編目資料

國文超驚典：古來聖賢不寂寞，還有神文留下來/祁立峰著．
初版．新北市．聯經．2019年4月（民108年）．272面．14.8×21公分
（當代名家・祁立峰作品集4）
ISBN　978-957-08-5286-8（平裝）
[2022年8月初版第四刷]

1.中國文學

820　　108003748